KB187494

# 성공한 91인의
# 성공의 비결

김이리 엮음

지식서관

# 머리말

　'성공'의 문자적인 뜻은 '목적한 바를 이룸'이다. 그러므로 성공한 사람이란 자기의 목적을 이룬 사람을 말한다.

　우리 사회는 다양한 사람들의 다양한 삶으로 이루어져 있고, 성공의 의미 역시 인간 고유의 개성에 따라 다를 수밖에 없다. 그러나 성공을 바라지 않는 사람은 없을 것이다.

　미국의 카네기 재단에서는 5년간 사회적으로 성공했다는 사람 1만 명을 대상으로 '성공의 비결'이 무엇이었는지를 질문했다. 결과는 85%의 사람들이 인간 관계를 잘 했기 때문에 인생을 성공했다고 말했다. 돈이나 배경이 아니었다는 것이다.

　또, 미국 컬럼비아대학의 경영자 수업(MBA) 과정에서 사장들을 대상으로 '성공의 주요 요건'을 조사했는데, 여기서도 85%의 사람들이 '원만한 인간 관계 및 다른 사람과의 공감 능력'에 의해서 성공을 했다는 대답을 했다고 한다.

　'한 사람의 인생은 그의 생각에 따라 만들어져 간다.'

로마의 지혜로운 황제였던 마르쿠스 아우렐리우스의 말이다.


'당신의 꿈만큼 당신은 성공할 수 있다.'


이 말은 미국의 어느 유명한 잡지에 실린 광고문이다.

또 미국의 사상가이자 시인인 랠프 왈도 에머슨은, "사람이 하루 종일 품고 있는 생각은 바로 그 자신이 된다."고 했다.

적극적이고 긍정적인 생각을 갖고 먼저 마음이 변화되면 환경이 변화된다. 우리의 몸과 마음과 정신을 살리는 것은 곧 우리의 꿈과 비전이다.

최근에 미국 하버드 대학교의 지도자 연구 센터는 성공한 사람 500명을 대상으로 성공 비결을 다시 조사했다.

그 결과 성공한 사람들은 삶의 비전과 열정 외에 공통점이 하나가 있었는데 바로 신앙심, 즉 하나님의 계명을 지키는 것이었다. 눈앞의 현실 속에 안주하지 않고 현실 저편의 세계까지 기대하는 드넓은 삶의 지평을 가진 사람들이 큰 성공을 거두었다는 결과다.


여러분들도 성공한 사람들의 삶에서 지혜를 얻어 그와 같은 마음가짐으로 노력과 행동을 한다면 틀림없이 성공할 것이다.

# 차 례

—애플 창업자
# 스티브 잡스

　2011년에 56세로 사망하기 전 '애플'에서 물러난 스티브 잡스는 배짱이 두둑하기로 유명하다. '협상력의 달인'이라고 불리는 그는 일단 불도저로 밀어붙이듯 무조건 막무가내로 협상을 진행해 나간다.

　어릴 때, 부모님에게 전학을 요구할 때도 결코 그의 마음을 바꾸지 않았다.
　"전학을 시켜 주지 않으면 학교를 가지 않겠어요!"
　일단 선언하면 결국 부모님도 따를 수밖에 없었다.
　이런 막무가내 돌파 전략은 게임 회사인 '아타리'에 취직할 때도 마찬가지였다.
　게임 개발에 대한 아무런 경력도 없던 그는 무작정 '아타리'에 찾아가서 자신을 고용해 달라고 부탁했다.
　"채용해 주지 않으면 절대 돌아가지 않겠습니다."
　이런 고집을 부릴 만큼 그에게는 자신감이 있었다.
　이런 뚝심 수법은 그가 애플을 창업한 이후에도 마찬가지였다. 돈도 없으면서 무작정 홍보업계의 유명 인사인 레지스 매키너에게 찾아가서 회사의 광고를 맡아 달라고 부탁했다.

스티브 잡스가 실력도 없으면서 단순히 생떼만 부리고 자신의 생각을 일방적으로 강요만 했다면 원하는 바를 얻지 못했을 것이다. 겁 없이 달려드는 모습에서 사람들은 열정과 확신을 읽을 수 있었던 것이다.

스티브 잡스의 뛰어난 협상력을 보여 주는 가장 좋은 사례는 아이튠즈 서비스를 위해서 음반사들로부터 MP3 파일을 인터넷으로 판매할 수 있는 권한을 따낸 일이다. 엄청난 산을 정복한 것이다.

사실 5대 메이저 음반사로부터 판권 계약을 맺는다는 것 자체가 당시로서는 불가능한 일이었다. 하지만 스티브 잡스의 협상은 그런 고정 관념을 부수는 것에서부터 시작되었다.

아무것도 주지 않으면서 원하는 모든 것을 협상으로 얻을 수는 없다. 상대방에게 윈윈할 수 있다는 믿음을 심어 줘야 한다.

결국 스티브 잡스의 협상력이라는 것은 그가 원하는 것을 받아 준다면 상대방도 결과적으로 이익을 얻게 될 것이라는 확고한 믿음과 신뢰를 주는 능력, 바로 거기에 있다고 요약될 수 있다.

—일본의 대부호 사업가
# 마츠시타 고노스케

마츠시타 고노스케는 94세의 나이로 세상을 떠나기까지 산하 570개 기업에 종업원 13만 명을 거느린 대기업의 총수였다.

그는 어릴 때만 해도 아버지의 파산으로 초등학교 4학년을 중퇴하고 자전거 점포의 점원이 되어 밤이면 어머니가 그리워 눈물을 흘리던 울보였다.

그러던 그가 일본 굴지의 기업의 총수가 된 후, 어느 날 한 직원이 마츠시타 회장에게 물었다.
"회장님은 어떻게 하여 이처럼 큰 성공을 거두셨습니까?"
마츠시타 회장은 미소지으며 대답했다.
"세 가지 하늘의 큰 은혜를 입고 태어났기 때문이네."

그가 말하는 세 가지 큰 은혜는 첫째 가난한 것, 둘째 허약한 것, 셋째 못 배운 것이었다.

"회장님, 이 세상의 불행을 모두 갖고 태어나셨는데도

오히려 하늘의 은혜라고 하시니 이해할 수 없습니다."
마츠시타 회장은 이렇게 대답했다.

"나는 가난 속에서 태어났기 때문에 부지런히 일하지
않고서는 잘 살 수 없다는 진리를 깨달았네. 또, 약하게
태어난 덕분에 건강의 소중함도 일찍이 깨달았지. 그래
서 스스로 조심해 내 몸을 아끼고 건강에 힘써 지금 90
살이 넘었어도 건강하다네. 30대 같은 건강으로 겨울철
냉수 마찰을 하니까 말이야.
또, 초등학교 4학년을 중퇴했기 때문에 항상 나의 부족
함을 알아 겸손할 수 있었지. 이 세상 모든 사람을 나의
스승으로 받들어 배우는 데 노력하여 많은 지식과 상식
을 얻었다네.
이러한 불행한 환경은 나를 이만큼 성장시켜 주기 위해
하늘이 준 시련이라 생각하고 감사하고 있다네."

'내쇼날' 기업의 창업자인 마츠시타 회장은 자신에게
주어진 불행과 시련을 오히려 하늘이 준 은혜로 생각하
여, 열심히 자기를 훈련하고 노력하여 누구보다 값지고
훌륭한 성공을 거둔 것이다.

# 헨리 포드

미국의 자동차왕인 헨리 포드는 어린 시절 지독한 가난에 시달려야 했다. 돈이 없어서 학교 교육조차 제대로 받지 못했다. 그러던 어느 날 극한 고생에 시달리던 그의 어머니가 갑자기 쓰러졌다.

"어머니, 조금만 참으세요! 얼른 의사를 모셔올게요!"

포드는 병원을 향해서 미친 듯이 뛰었다. 하지만 그가 돌아왔을 때는 이미 어머니가 세상을 떠난 후였다. 그는 가난을 원망했고, 빨리 의사를 모시고 오지 못한 것을 아쉬워했다.

'조금만 빨리 의사가 도착했더라면… 아, 어머니!'

이 일을 동기로 그는 빨리 달리는 자동차를 만들게 되었다. 그는 훗날 자동차 산업으로 억만장자가 되었다.

헨리 포드는 만나는 사람에게 늘 이렇게 말했다.

"당신이 할 수 있다고 생각하면 할 수 있고, 할 수 없다고 생각하면 할 수 없다."

헨리 포드는 "무엇보다 준비가 성공의 비결이다."라고

말했다. 준비하지 않고 성공하는 법이 없다. 다 준비해 놓
아야 성공한다. 준비를 해 놓으면 기회는 저절로 찾아온
다고 믿었다. 맛있는 음식을 만들어 놓으면 저절로 그 향
기를 찾아서 벌이나 나비가 날아들 듯이 말이다.

한번은 헨리 포드가 8개의 실린더를 하나로 조립한 V8
모터를 만들기 위해 기사들에게 엔진을 설계하라고 지시
했다.
"불가능합니다."
기사들은 고개를 저었지만 헨리 포드는 포기하지 않았
다.
"언제 완성될지를 못박지 않을 테니 만들어 보도록 하
게. 누군가는 해야 할 일 아닌가."
기사들은 연구를 시작했지만 반 년이 지나도록 아무 성
과도 얻지 못했다. 헨리 포드에게 그만 포기하자고 했지
만 그는 그래도 꼭 만들라고 지시했다.
다시 반년이 또 지나갔다.
"정말 불가능한 일입니다. 해 봐도 안 되지 않습니까?
그만 포기하는 것이 좋겠습니다."
몇 번이나 기사들이 헨리 포드에게 강력히 반발했지만
그의 생각은 바뀌지 않았다.
"괜찮다니까! 기간은 상관없으니 더 연구하게. 어떻게

든 성공시키도록 하게!"

기사들은 할 수 없이 다시 모터 제작에 매달렸다.

그런데 거기서 기적적으로 V8 엔진을 제작하는 기술이 발견되고 그로 인해 자동차의 비약적인 발전을 가져오게 되었다.

세상 모든 사람이 불가능하다고 했지만 헨리 포드에게 있어서는 결코 불가능한 일이 아니었던 것이다. 그의 마음 속에는 이미 8개의 실린더가 달린 모터가 구상이 되어 있었고 힘차게 돌아가고 있었다.

아무도 믿지 않을 때에도 해낼 수 있다고 굳게 믿었기 때문에 그는 성공할 수 있었다.

# 하워드 슐츠

하워드 슐츠는 혼자서 식사를 하는 법이 없다. 매일 다른 사람들과 더불어 점심 식사를 한다. 그가 무엇보다 중시했던 게 바로 인간 중심의 경영 철학이다.

"회사의 최우선이 직원들이고, 그 다음이 고객이다"고 말할 만큼 그는 사람을 중시한다.

그는 매일 사람들을 바꿔가며 점심 식사를 한다. 그리하여 다양한 많은 사람들을 만난다. 이런 습관은 그의 경영 철학을 대변한다고 볼 수 있다.

텍사스 지점의 한 관리자가 강도에 의해 살해되는 사건이 일어나자, 그 즉시 하워드 슐츠는 그날 밤 비행기를 타고 텍사스로 날아갔다. 그리고 죽은 관리자 가족을 위해 기금을 조성하고 텍사스 점포를 처분한 비용을 모두 그 직원의 가족 부양과 아이들 교육비로 내놓았다.

사람 중심적인 그의 경영 마인드가 커피 매장을 전 세계적으로 4만 개까지 확장시킨 힘이었다고 평가되고 있다.

―월마트의 창업자
# 샘 월튼

    세계 최대의 유통업체인 월마트의 창업주 샘 월턴 가족은 세계 최고의 갑부 가족이다.

    경제 잡지 포브스가 집계한 2007년에 억만 장자 순위에서 20위권에 아들, 며느리 등 5명의 이름을 올려놓고 있다. 월마트 본사는 미국 아칸소 주 벤턴빌에 있다. 벤턴빌은 지도에서 찾기조차 어려운 작은 시골이다.

    월마트는 본사가 벤턴빌에 있는 이유를 간단하게 설명한다.

    "대도시는 사무실 비용이 비싸기 때문이지요."

    본사 건물도 멋들어지게 거액을 들여 짓지 않고 창고를 개조해서 쓰고 있다.

    월마트의 절약 정신은 샘 월턴이 심어 놓은 것이다. 그의 절약 정신을 집약적으로 볼 수 있는 곳은 벤턴빌에 있는 월마트 방문 센터이다.

    방문 센터에는 생전에 그가 손수 몰고 다니던 픽업 트럭이 전시되어 있다. 붉은색 트럭 좌우에는 긁힌 자국이 그대로 남아 있다. 차 안의 시트는 가죽이 아닌 천이다. 이

트럭이 세계 최대의 유통 기업 총수가 타던 전용차라는 생각이 전혀 들지 않을 정도다.

샘 월턴은 픽업 트럭을 타는 이유를 "롤스로이스 같은 고급 승용차엔 개를 데리고 탈 수 없기 때문"이라고 말하기도 했다.

샘 월턴은 절약 정신을 부모에게서 배웠다고 자서전에서 털어놓았다.

그는 "나는 부모님의 돈에 대한 태도를 그대로 물려받았다. 두 분은 아예 돈을 쓰지 않았다"고 적었다.

샘 월턴은 자녀에게도 절약의 가치를 물려주려고 노력했다. 자녀들이 가게에 나와 일하게 하면서 그에 대한 대가로 용돈을 줬는데, 용돈 액수는 친구들이 받는 것보다 적었다. 또 신문 배달을 시켜 자기들의 용돈을 스스로 벌어서 쓰게 하였다.

샘 월튼은 과거의 실패에 대해 불평하는 데 단 1분도 시간을 허비하지 않았다.

그는 실패하고 나서도 다음 날이면 활짝 웃는 얼굴로 출근해서 이렇게 말했다.

"하하, 이 아이디어가 잘못된 걸 알았으니 다른 아이디어를 시도해 봅시다.”

그렇다고 그가 부주의하거나 적당히 넘어가는 성격은 절대 아니었다.

실패에서 배울 점을 모색하고 그것을 통해 새로운 시도를 하는 열정적인 사람이었다. 실패를 허용하는 경우에만 발전이 있을 수 있다. 수많은 실패를 거친 성공만이 안전하다는 것을 그는 알았다.

현재 월마트의 회장은 샘 월턴의 장남인 롭 월턴이다.

롭 월턴의 사무실은 가로·세로 약 3m의 정사각형 모양인데, 큰 책상 하나 들어가면 사무실이 꽉 찰 정도로 비좁다. 월마트 간부들 사무실 중에선 가장 작고, 출입문 외에는 사방이 막혀 있고 창문도 없는 방이다. 그 방을 쓰고 있는 것은 아버지를 닮고 싶기 때문이다.

아버지의 절약 정신을 잊지 않기 위한 노력이다.

—경영 컨설턴트, 저술가
# 데일 카네기

흔히 모든 성공 철학은 데일 카네기로부터 시작되고, 또 그에게로 다시 귀결된다고 할 만큼 데일 카네기는 전 세계 성공 철학의 원조로 통한다.

그는 1888년에 미국 미주리 주에서 태어나 워런스버그 주립 사범대학을 졸업한 뒤 교사, 세일즈맨으로 일했다.

백 년 전의 사람이지만 그가 한 이야기는 지금도 여러 성공서들에 끊임없이 인용되고 있다.

데일 카네기는 그의 저서 '인생은 행동이다' 에서 이렇게 고백하고 있다.

'나는 매일 아침 눈을 뜨자마자 제일 먼저 감사할 일들을 머릿속에 그려 보려고 노력했다. 라디오에서 흘러나오는 아름다운 음악 소리, 책을 읽는 시간, 맛있는 음식, 나를 아껴 주는 사람들, 다정한 친구들을 생각했다. 그 효과는 대단했다. 감사할 줄 안다는 것은 행복과 건강을 가져다 주는 대단한 사상이다.'

어느 해 카네기는 라디오 방송에 출현하여 링컨 대통령

데일 카네기 *19*

의 정책들에 대한 각각의 장단점을 분석하여 신랄하게 비판을 한 적이 있었다. 며칠 뒤 그는 링컨 대통령의 열렬한 여성 팬으로부터 반박 자료가 담긴 한 통의 편지를 받았다.

"어떻게 사실을 제대로 확인도 하지 않고 비판을 할 수 있지요? 너무 경솔하지 않나요?"

그녀는 카네기를 맹렬하게 비난했다.

그 동안 수많은 베스트셀러를 만들어 내며 강연도 했던 카네기는 자기의 명성에 먹칠을 당하는 것에 참을 수 없는 모욕감을 느꼈다. 감정이 격해진 그는 즉시 그녀와 똑같은 어조로 비난과 경멸의 답장을 쓰기 시작했다.

그런데 다음 날 아침에 그 편지를 다시 한 번 읽어 본 그는 부끄러워 얼굴이 확 붉어졌다고 한다. 자신이 옹졸하고 교만하게 느껴졌던 것이다.

'어제는 지나치게 흥분했다. 아무리 화가 나는 일이 있어도 하루 뒤에는 별것 아닌 것을….'

그는 책상에 앉아 잔잔해진 마음으로 다시 편지를 쓰기 시작했다.

다시 쓴 편지에는 놀랍게도 그런 충고를 주어 고맙다는 말과 함께 자신의 생애에 가장 좋은 친구로서 기억에 남을 것이라는, 사랑이 넘치는 내용이었다고 한다.

　그 일을 계기로 그는 화가 나는 일이 있으면 늘 하루가 지난 다음에 다시 생각해 보는 습관을 가지게 되었고, 주위 사람들에게 이런 이야기를 하곤 했다.

　"화가 났을 때 자신에게 하루만 시간을 주십시오. 하루가 지난 뒤에도 화가 나면 화를 내십시오. 그것이 너그러운 사람이 되는 비결입니다."

─조선 정조 때의 문신
# 채제공

　채제공은 비록 너무 가난했지만 자부심만은 누구도 따를 수 없을 만큼 강한 어린 천재였다. 가난뱅이라고 놀림받던 어린 시절, 하늘을 찔렀던 기개로 유명했고, 나중에는 벼슬이 영의정의 자리에까지 올랐던 뛰어난 인물이다.

　사도세자의 폐위를 둘러싼 정쟁 가운데서도 옳고 그름을 가려 직언을 서슴지 않았기에, 영조는 그를 가리켜 '진실로 사심이 없는 나의 신하이고 세손에게 더할 나위없는 충신이라'고 했다.

　그가 아직 어린 소년이었을 때, 집이 워낙 가난했던 채제공은 공부하고 있는 절에 먹을 식량마저 내놓지 못했다. 그러니 함께 공부하고 있던 부잣집 아이들에게 따돌림을 당하고 멸시를 받기가 일쑤였다.
　하지만 부잣집 아이들이 내놓고 무시해도 채제공은 조금도 기가 죽지 않았다.
　'흠, 가난 따위에 무너질 내가 아니다. 아무리 무시당해도 이를 악물고 참자. 지금은 모든 것을 참고 공부에 전

념할 때다. 그깟 모욕을 참지 못한다면, 뒷날 어떻게 큰
일을 하겠는가.'
채제공은 자기를 무시하는 친구들 앞에서 한 편의 시를
휘갈기듯 써냈다.


가을바람 스산한 고목에서는
매가 알을 까고
차가운 달빛 아래 눈 덮인 산에서는
호랑이가 정기를 키운다.


얼마 안 가서 채제공은 모든 귀한 집 자제들을 물리치고
과거에 합격해 벼슬에 올랐다.
그리고 가난과 멸시 속에서도 잃지 않았던 큰 꿈을 차근
차근 펼쳐 나가, 온 나라 안에 그의 이름을 남기는 큰 업
적을 쌓아 나갈 수 있었다.

# 리카싱

홍콩의 재벌인 리카싱은 동아시아 최고의 갑부다. 그는 1천 년에 한 번 나올까말까 한 만석꾼의 재운을 타고난 사람이라고 평가받고 있다.

그의 인생 철학은 '세상사의 어려움을 깨달아야 한다.'는 것이다. 그는 두 아들을, 마치 사자가 새끼 사자를 절벽에서 밀어 떨어뜨리듯 독하게 키운다는 철학을 가지고 있다.

리카싱은 22살이던 1950년에 플라스틱 제품 생산업체인 청쿵 실업을 세워 1972년, 홍콩 증시에 1호 기업으로 상장시켰다.

리카싱은 초등학생인 두 아들이 청쿵 실업의 이사회에 참관하도록 했다. 둘은 회의실 구석에 놓인 어린이용 의자에 앉아서 자리를 지켜야 했다.

청쿵 실업 이사회는 회장의 말에 그대로 동의하는 거수기 스타일은 아니었다. 어떤 이슈에 대해서는 서로 얼굴을 붉히며 자기가 옳다는 주장을 펼친다.

하루는 이사회에 들어온 두 아이가 울기 시작했다. 논쟁이 격화되는 것을 보고 서로 싸운다고 생각했기 때문이다. 이 때 리카싱이 다독이며 말해 주었다.

"울지 마라. 논쟁을 하는 것은 사업을 위한 것이다. 사리는 논쟁을 하지 않으면 명확해지지 않는 법이란다."

리카싱이 아이들을 이사회에 참석시킨 이유는 후계를 위한 것이 아니었다. 비즈니스가 얼마나 어려운 것인지 체험 교육을 시키기 위해서였다.

훗날 한 이사가 대학교를 졸업한 리카싱의 아들들을 이사회에 참석시키는 게 어떻겠냐는 의견을 냈다가 리카싱으로부터 호된 질책을 받았다.

"무슨 소린가? 어린아이들을 이사회에 참관시킨 것은 교육의 목적이지만 장성한 아들을 참석시키면 후계자로 보일 수 있지 않겠는가!"

리카싱은 두 아들을 열다섯 살 때 미국과 캐나다로 유학을 보냈는데, 공교롭게도 그 나이는 리카싱이 아버지를 여의고 홀로 가족의 생계를 떠맡은 나이와 같았다.

두 아들은 홍콩 부호의 아들이었지만 자전거로 통학하고 골프장 캐디 등을 하면서 용돈을 버는 등 고생을 하며 유학해야 했다. 젊어서 하는 고생은 인생과 사업 성공의 자양분이 된다는 게 리카싱의 생각이었다.

—애니메이션 제작자
# 월트 디즈니

디즈니는 평범한 사람으로 출발했다. 집안에 재력이 있었던 것도 아니고 처음부터 남들보다 특별한 능력을 가졌던 것도 아니었다. 더구나 실패가 계속되었고, 무려 여섯 번이나 파산을 했다. 하지만 그에게는 꿈이 있었고, 누구도 이루지 못할 것이라 생각했던 바로 그 일을 해내면서 기쁨을 느꼈다. 그는 자신의 성공에 대해 이렇게 말했다.

"꿈꿀 수만 있다면, 무엇이든 이룰 수 있다. 나는 불가능이라는 것을 몰랐다. 나는 뛰어가서 기회를 잡았던 것이다."

1955년, 디즈니는 로스앤젤레스 부근에 대규모의 오락 공원을 건설했다. 그 설계와 구성에는 향수어린 감상과 공상을 즐기는 디즈니다운 성향이 다분히 드러나 있었다.

이 곳은 곧 세계의 명소가 되었고 아이들을 꿈꾸게 하는 멋진 꿈의 요람이 되었다. 디즈니가 죽을 무렵에는 플로리다에 제2의 디즈니 공원이 건설되고 있었다.

## —중국의 지도자
# 장개석

오래 전 일본의 어느 대학에서 있었던 일이다.

이 곳에서는 영국·독일·프랑스·한국·일본·미국 등 나라별로 화장실을 따로 사용했다. 그런데 그 중에서 도 중국인이 사용하는 화장실이 가장 더러웠다.

매주 실시하는 검사에서 중국인 화장실은 늘 더럽다고 지적을 당했다. 그런데 놀라운 일이 일어났다.

1907년이 되자 반대로 중국인 화장실이 제일 깨끗한 화장실이 되었던 것이다.

어느 늦은 밤 총장이 학교를 둘러보게 되었는데, 어둠 속에서 불이 켜져 있는 방이 있었다. 불이 켜진 방을 보면서 총장은 '늦은 밤까지 열심히 공부하는 학생이 있구나.' 하고 생각했다.

그런데 얼마 후, 방문이 열리면서 한 학생이 대야에 걸레와 비누, 수건을 가져오더니 중국인 화장실을 청소하기 시작하는 것이 아닌가. 그 모습을 지켜보고 있던 총장은 학생을 불렀다.

"학생! 학생이 매일 밤마다 청소하는가?"

"예."

"고맙네, 그런데 공부에도 시간이 모자라는 학생이 어찌 청소까지 하나?"

"저는 중국인 신입생입니다. 우리나라 화장실이 가장 더러워서 조국의 명예를 깎아먹고 있습니다. 그게 너무 마음이 아파서 제가 매일 청소를 합니다. 이 학교를 졸업할 때까지 하기로 결심을 했습니다."

"자네 이름이 뭔가?"

"장개석입니다."

총장은 고개를 끄덕이며 그의 이름을 수첩에 적었다.

그 일로 인해 장개석은 특별 장학금을 받으며 대학을 졸업할 수 있었고, 훗날 중국의 총통이 되었다.

자기 자신보다도 조국의 명예를 소중히 여기는 정신이 그를 민족의 지도자로 만들었다.

# 그랜트

  자신만만하고 패기 넘치는 한 젊은이가 장교로 입대했
다. 그는 너무 똑똑하고 완벽해서 주위 사람들에게 미움
을 샀다. 모난 돌이 정 맞는 격이었다.
  군에서 견디지 못하고 나온 그는 시골로 가 농부로 살면
서 낮아짐과 겸손을 배웠다.

  얼마 후에 미국에서 인종 문제를 원인으로 한 남북 전쟁
이 일어났다. 그는 가만히 있을 수 없어서 사병으로 자원
입대했다. 장교였던 그가 사병으로 입대하는 일은 쉽지
않았지만 겸손한 마음으로 최선을 다했다.
  모든 사람에게 겸손한 태도로 대하자, 사람들은 점점 그
를 좋아하게 되었다. 장교로 발탁되었고, 후에 그의 온유
하고 겸손한 인품에 반한 링컨 대통령은 그를 국방 장관
으로 임명했다.
  여기서 끝이 아니고, 훗날 그는 미국의 18대 대통령의
자리에 올랐다. 바로 그랜트 장군, 그랜트 대통령이다.

# 노 벨

노벨은 평생 술과 담배는 물론이고 사교 모임도 멀리했던 과학자였다.

그 시대의 가장 소박한 갑부로 인정받았던 노벨은 사람을 만나거나 행사에 참석하는 것도 마다했으며, 심지어 자기 사진이나 초상화가 신문이나 잡지에 실리는 것도 싫어했다.

"나는 두 가지 관점에서 경쟁자들보다 유리한 입장에 있습니다. 돈을 긁어 모아서 부자가 된다거나 그러기 위한 아첨은 나의 흥미를 전혀 끌지 못하지요."

노벨의 유언장은 이렇게 시작한다.

'나 알프레드 베르나르드 노벨은 심사숙고한 결과 이 문서로써 내가 죽을 때 남기게 될 재산과 관련하여 내 유언이 아래와 같음을 천명하는 바이다.'

우선 일가 친척과 사업을 함께 하는 동료 및 직원에게 분배할 재산 내역이 자세히 열거되어 있었다. 그리고 나머지 재산의 처리법은 이렇게 지시되어 있었다.

'유언 집행인에 의해 안전한 유가 증권에 투자된 재산으로 기금을 만들고, 거기에서 매년 나오는 이자를 지난해에 인류에게 가장 큰 유익을 가져다 준 사람들에게 상금으로 수여한다.'

노벨의 재산에서 나오는 이자는 모두 5등분해서 물리학 · 화학 · 생리학 · 의학 · 문학 · 평화 분야의 수상자에게 각각 수상하고 있다.

# 윈스턴 처칠

윈스턴 처칠은 그야말로 낙천적이고 긍정적인 사람이었다.

부정적이기보다는 항상 '될 수 있다, 할 수 있다' 라는 생각만으로도 행동과 결과가 바뀐다는 것을 그는 믿었다.

"아… 안녕하세요."

그는 어릴 때 말을 더듬어서 친구들에게 놀림을 받았지만 긍정적인 성격으로 완전히 다 극복해 냈다.

혀가 짧은 처칠은 발음 연습을 하기 시작했고, 시 낭송 대회에 나간 처칠은 말을 더듬지 않고 끝까지 암송했다.

친구들은 깜짝 놀랐고 처칠은 할 수 있다고 생각하면 정말 잘 하게 된다는 것을 배웠다.

육군 사관학교에 들어가 장교가 되어 전쟁에 나간 처칠은 자신을 스치고 간 총알에도 능청스럽게 말했다.

"우리는 괜찮아, 꼭 이길 거야."

그는 부하들에게 늘 용기를 주었다.

종군 기자로 활동한 처칠은 전쟁터를 누비며 기사를 썼고 그로 인해 유명해져 국회의원이 되었다.

말 더듬는 것은 고쳤지만 영어의 S 발음이 고쳐지지 않자 처칠은 더욱더 열심히 연습했다.

"하고 또 하고, 하고 또 하면 언젠가는 된다."

그는 같은 단어를 수없이 연습하면서 처칠은 사람들 앞에서 연설을 했고, 결국에는 사람들의 마음을 사로잡는 영향력 있는 연설가가 될 수 있었다.

그 후 해군 장관이 된 처칠은 독일이 영국을 공격할지 모른다고 말했지만 아무도 믿어 주지 않았다.

영국의 함대가 다르다넬스 해협을 지날 때 독일 함대와 영국 함대 사이에 전투가 벌어졌다. 수상에게 도움을 요청했지만 거절당했고 결국 처칠은 패하여 해군 장관에서 물러났다.

처칠이 말한 대로 독일이 전쟁을 일으켰고 쿠바 전쟁을 경험했던 처칠은 용감하게 싸우면서 꼭 이길 수 있다고 병사들에게 용기를 주었다.

처칠의 말에 힘을 얻어 영국은 승리했다.

처칠은 고향에 돌아와 국회의원 선거에 나갔고 3번이나

떨어졌지만 실망하지 않고 포기하지 않았다. 4번째 선거에서 처칠은 국회의원에 당선되었다.

얼마 뒤, 독일이 또 전쟁을 일으켰고 처칠은 수상이 되어 전쟁을 지휘했다.
더 이상 말더듬이 연설가가 아닌 한 나라의 수상으로 군인들에게 용기를 주었고, 국민들은 희망을 갖게 되었다.

'무엇이든 노력하면 할 수 있다.'

이 믿음 하나로 어떤 어려움도 이겨낸 처칠. 처칠이 성공할 수 있었던 것은, 노력하면 잘 될 거라는 긍정의 힘 때문이었다.

—미국의 발명왕
# 에디슨

미국의 유명한 발명왕 에디슨은 백열 전등을 발명하기까지 수많은 실험을 거듭했다. 셀 수도 없을 만큼 많은 실패를 거듭했지만 그는 언제나 씩씩했다.

그는 실패를 해도 포기하지 않고 실험을 계속했다. 에디슨이 백열등의 필라멘트를 찾고 있을 때, 하루는 그의 조수가 에디슨에게 말했다.

"선생님, 필라멘트를 발명하려고 벌써 90가지의 재료로 실험했지만 모두 실패했습니다. 결국 필라멘트를 발명한다는 것은 불가능한 일인 것 같아요. 그만 포기하는 게 어떨까요?"

"어허, 자네는 그것을 왜 실패로 생각하나! 우리들은 실패한 것이 아니고, 안 되는 재료가 무엇인가를 90가지나 알아낸 아주 성공적인 실험을 한 것이라네."

이런 끈기로 에디슨이 실험하고 버린 쓰레기 더미가 무려 2층 건물의 높이만큼이나 되었다.

그리고 마침내 2,399번의 실패를 거쳐 2,400번 만에 전류를 통해도 타지 않고 빛을 내는 필라멘트를 만드는

데 성공했다.

발명하는 일은 늘 어려웠고 수없는 실패가 이어졌다. 귀가 잘 들리지 않아 고통스러울 때도 그는 포기하지 않고 연구에 더욱 힘썼다.

"천재는 99퍼센트의 노력과 1퍼센트의 재능으로 만들어지는 것입니다."

발명왕 에디슨의 이 말은 혼자서 평생 피땀을 흘리며 노력했던 자신의 삶에 대한 진실한 고백이었다.

실패 없는 인간은 찾아보기 어렵다. 인간은 누구나 실패를 극복하면서 성숙하고, 인간의 역사도 실패를 극복하면서 발전을 거듭해 왔다. 도전하는 사람만이 실패하고, 실패의 쓴 물을 마셔가면서 성공의 단물을 만들어낼 수 있다는 것을 알아야 한다.

—외다리 축구 스타
# 데니스 파커

데니스 파커는 라이베리아의 소년병으로 징집되어 전쟁의 참화에 발 하나를 잃었다.

'아, 나는 이제 어떻게 살까? 남들처럼 정상적인 삶을 살 수 있을까?'

눈앞이 캄캄했다. 그러나 언제까지나 주저앉아서 패배자의 삶을 살 수는 없었다.

그는 비참한 생활을 분연히 떨치고 일어났다. 그리하여 피나는 노력 끝에 외다리 축구 스타로 일어섰고, 전 세계 사람들에게 말할 수 없는 감동을 안겨 주었다.

지금은 사람들이 그를 '데니스 파커! 위대한 선수!' 라며 환호하지만 불과 1년여 전만 해도 그는 '살인자'로 손가락질을 받던 몸이었다.

데니스 파커는 14년에 걸친 아프리카 라이베리아 내전을 겪었다. 희망 없는 삶 속에서 약물에 취한 채 살인하고 약탈했던 다른 소년병들처럼 죽고 죽이는 전투 속에 발 하나를 잃고 말았다.

살길이 막막해졌을 때 그는, '외다리 축구 연맹'을 창설한 로버트 칼로 목사를 만났다.

칼로 목사는 "죽을 각오가 돼 있다"고 말하며 가장 호전적인 태도를 보인 파커와 그의 동료들에게 "악이 아니라 미래의 희망을 준비하자"며 이웃 나라 시에라리온에서 비슷한 프로그램을 도입했다. 상이 용사들로 구성된 세계 최초의 외다리 축구 클럽을 창설한 것이다.

축구는 그에게 새로운 인생의 전환점이 되어 주었다. 비록 자잘한 벌이로 생계를 유지하지만 시 외곽에 있는 월 5달러짜리 방에서 가족들과 함께 행복한 내일을 설계하고 있다.

# 잭 웰치

잭 웰치는 아일랜드에서 이민 온 가난한 집안에서 태어나서 혼자의 힘으로 자수성가한 인물이다.

이런 그가 성공할 수 있었던 것은 훌륭한 어머니인 그레이스 웰치가 있었기 때문이었다.

어린 시절, 잭 웰치는 말을 자주 더듬었다.

"에이, 쟤, 뭐야? 답답하게 왜 저래?"

친구들은 심하게 그를 놀려댔지만 어머니는 그를 꾸짖는 대신 격려하며 자신감을 심어 주었다.

"얘야, 네가 말을 더듬는 것은 이유가 있어. 그것은 너의 혀가 따라오지 못할 정도로 네가 너무 많이 똑똑하기 때문이란다."

잭 웰치가 말을 더듬는 것은 자신의 생각이 너무 빠르기 때문에 말이 제대로 따라오지 못하기 때문이라는 것이었다. 어머니의 이런 설명을 듣고 난 잭 웰치는 말을 더듬는 것이 창피한 것이 아니라고 생각하게 되었고, 이를 극복하기 위하여 부단히 노력을 하였던 것이다.

그는 어머니로부터 자신감을 배웠다.

그레이스 웰치가 어린 시절, 아들에게 가르쳐 준 인생의
주춧돌이 되는 이 말은 20여 년 동안 GE를 초일류 기업
으로 만들고자 노심초사한 그의 열정의 기초가 되었다.

'그래, 부끄러워할 것 없어.'

그는 꿈에 대해 누구보다 강한 열정을 갖게 되었다. 열
정이 바로 꿈을 위한 연료가 되는 셈이다.

'승자들의 자산은 열정이다.'라는 말처럼 성공한 사람
들이 가지고 있는 성공 에너지는 바로 일에 대한 열정이
다. 사람들은 늘 성공만 할 수는 없다. 하지만 실패 속에
서도 성공을 위해 다시 일어서는 것이 바로 성공을 위한
길인 것이다.

세계적으로 성공한 사람들의 특징을 살펴보면 그 안에
꺼지지 않는 열정이 있다는 것을 알게 된다. 자신감은 변
화의 바람 속에 자신을 내맡길 수 있는 힘이다.


**'두렵지 않아. 나는 해낼 수 있다.'**


자신감 있는 사람들은 자신의 의견이 도전받는 것을 두
려워하지 않는다. 그들은 아이디어를 더욱 풍성하게 만드
는 지적인 싸움을 즐기기 때문이다.

"있는 그대로 자신의 모습을 좋아하는 사람은 그것을
밖으로 보여 주는 것을 절대 두려워하지 않습니다. 어떤

조직의 그 어떤 대단한 지위가 눈앞에 있다고 해도 '자기 자신이기'를 절대 포기해서는 안 됩니다."

그러나 지나친 자신감은 문제가 된다. 자존감을 북돋아 줄 정도의 적당한 자신감이야말로 승리의 가장 중요한 기준이 된다.

'가장 중요한 인재를 기르는 일이다. 그것이 조직이나 자금보다 훨씬 더 중요하다.'

다른 어떤 일보다도 인재 관리를 위해 최선의 노력을 기울였던 잭 웰치는 20만 명이 넘는 사원을 한 방향으로 달리게 하는 정열과 에너지, 그리고 집중력을 가지고 있었다. 사원들에게 목표를 확실하게 알려 주기 위한 키워드를 만들어 내는 재능이나 의욕을 심어 주는 조종술은 타고난 것이라고 할 수 있었다.

잭 웰치는 비즈니스 역사상 가장 많이 회자되고 가장 폭넓게 모방되고 있는 경영자들 중의 한 사람임에는 틀림이 없다.
그는 자신의 뛰어난 직관력과 독특한 리더십을 통해 지난 20여 년 동안 세계에서 가장 복잡한 조직이었던 GE를

가장 단순하고 민첩한 조직으로 만들고, 시장 가치가 120
억 달러에 불과했던 GE를 4,500억 달러 규모의 기업으로
발전시켰다.

# 짐 클라크

컴퓨터 프로그램인 넷스케이프를 개발한 짐 클라크는 원래 사고뭉치인 문제아였다.

그는 미국 텍사스 주의 가난한 가정에서 태어났으며 학교 생활에는 별 관심이 없었다.

"제발 공부 좀 해라. 그렇게 말썽만 계속 일으키다 어쩌려고 그래?"

가족들의 충고에도 그는 아랑곳하지 않았다.

결국 그는 고등학교 2학년 때 퇴학을 당한 후에 해군에 입대했다. 그러나 군대에서도 잘 적응하지 못해서 골치 아픈 병사로 취급당했다.

그러나 그에게 탁월한 재주가 하나 있었다. 바로 수학 실력이었다. 수학 실력만은 특출해서 전역 후 대학에 진학해 학위를 받았다.

그러나 클라크는 여전히 많은 문제를 안고 있는 불행한 사람이었다. 결혼도 두 번이나 실패했고 건강도 좋지 않았다.

클라크는 한번은 혈액색소침착증 증상이 나타나 병원을 찾았다.

그는 병원에서 환자와 의사들이 작성하는 복잡한 서류들을 보고 이를 간편하게 처리할 수 있는 방법을 연구하다가 인터넷을 개발했다. 이것이 바로 헬시온 회사이다.

이 회사는 세계적인 기업으로 성장해 그의 재산은 현재 15억 달러에 이른다.

단점이 많은 사람에게도 장점이 있는 법이다. 사람은 누구에게나 한 가지 장점은 있는데, 다만 그것을 계발하지 못할 뿐이다.

사람은 가장 절망적인 상황에 처할 때 장점과 단점이 뚜렷하게 드러난다. 장점을 잘 다스리고 살려 나가면 단점을 덮고도 남는다.

# 칼리 피오리나

여성 국회의원이나 여성 기업가는 아직도 남성들에 비해 그 수가 한참 부족하다. 또한 대우에 있어서도 거의 평등한 대우를 받고 있다고는 하지만 아직도 분명한 차이가 있다. 성공한 여성들은 남성 중심 사회와 끊임없이 전쟁을 치러왔다는 공통점을 가지고 있다. 휴렛패커드의 칼리 피오리나(이하 피오리나)도 예외는 아니다.

유명한 일화가 있다.

어느 날 그녀는 새롭게 인수한 계열사 영업사원들을 대상으로 연설을 하게 되었다. 그 조직은 뿌리 깊은 남성 중심 문화로 악명이 높았다. 만약 연설에서 그들의 기를 꺾지 못한다면 원활한 조직 운영은 기대할 수 없을 터였다.

점잖게 연설을 하던 피오리나는 갑자기 재킷을 벗었다. 놀랍게도 바지 앞부분이 남자처럼 튀어나와 있었다. 바지 속에 스포츠 양말을 둘둘 말아서 넣어 놓은 것이었다. 그녀는 외쳤다.

"여러분! 우리의 그것도 누구 못지않게 큽니다!"

그러자 환호성과 비명이 동시에 좌중을 흔들었다. 대단

한 반응이었다. 이런 퍼포먼스 이후 누구도 피오리나를 여자라고 무시하지 못했다.

1980년, AT&T에 말단 수습 사원으로 들어간 피오리나는 장거리 전화 서비스 및 전화 장비를 파는 힘들고 재미없는 업무부터 시작했다. 밤을 꼬박 새며 새벽 3시까지 주간 예산표를 짜는 등 피나는 노력 끝에 10년 후 그녀는 AT&T의 부사장으로 승진할 수 있었다.

여기에서 멈추지 않고 그녀는 1995년 루슨트 테크놀로지를 분사시켰다. 119년 전통의 AT&T에 머물고 싶어하는 직원도 많았으나 그녀의 의지는 확고했다. 성공적인 미국·유럽 순회 투자 설명회를 거쳐 상장된 루슨트는 그해 주가 상승률이 무려 92%에 달했다. 이후 피오리나는 일약 헤드 헌터들의 주목을 한몸에 받는 인기 있는 경영자가 되었다.

그녀는 휴렛패커드(HP)에 취임한 뒤, 조직 개혁 계획을 선포했다. 고참 중역들은 최소한 1년은 걸릴 것이라고 말했지만 그녀는 오래 걸리지 않을 것이라고 단언했다.

"3개월 안에 계획을 완수하세요."

결국 그녀의 지시대로 그 기간 안에 모두 해낼 수 있었다. 그리고 그녀의 지휘하에 HP는 부실했던 사업 부분이나 컴팩과 중복되었던 사업들을 과감히 정리하였다.

# 리자청

　교육자 집안에서 태어난 리자청은 아버지가 일찍 돌아가시자 가족의 생계를 위해 찻집의 심부름꾼으로 일했다. 초등학교 정도의 교육밖에 받지 못했지만 그에게는 누구에게도 지지 않는 성실함과 탁월한 영업 능력이 있었다.

　그는 아시아 최고 재벌로, 엄청난 부를 일구어 내어 중국 최고의 부자가 되었다. 개인 재산은 78억 달러이고 총자산은 6백억 달러이다. 이는 세계 재벌 5위에 해당하며, 홍콩 상장 기업의 4분의 1과 홍콩 시장 주식 가운데 26%가 그의 것이라고 한다.

　동남아 시장의 상권을 쥐고 흔드는 화상, 그 중에서 리자청은 홍콩을 넘어 전세계에 성공적으로 사업을 확대했다.

　그의 고향 차오저우에서 맨손으로 홍콩으로 이주하여 외삼촌 집에 얹혀살면서 리자청은 찻집 종업원에서 시계 외판원을 거쳐 10대 후반에 플라스틱 판매 총지배인, 25살엔 플라스틱 회사 창장 실업 창업, 그 후에는 미래와 시장의 변화를 내다보는 안목으로 부동산 투자 개발로 엄청난 부를 축적하여 본격적인 사업의 길로 나서게 되었다.

그 동안 열심히 모은 자본금으로 영국계 회사인 허치슨 왐포아 기업과 자딘매디슨을 매입하였다. 그뿐만 아니라 파나마 운영권을 획득하고, 심지어는 항공사인 캐나다 에어까지 인수하여 사업 영역을 아시아를 넘어 글로벌 경영으로 확대했다.

사업 범위로 홍콩 전력, 홍콩 텔레콤 등을 인수하면서 통신 분야로까지 영역을 확대하여 명실공히 '홍콩 사람이 1달러를 쓰면 그 돈의 5센트는 리자청의 주머니에 들어간다' 는 말이 나올 정도가 되었다.

그에게는 독특한 경영 원칙이 있었다. 성공 요인은,
첫째, 시장을 읽어나가는 남다른 능력이다.
시장을 정확히 읽을 수 있도록 그는 늘 자신의 의식을 일깨웠다. 그는 항상 손에서 책이 떠나지 않았을 만큼 다양한 분야에 관심을 가지고 독서를 했다고 한다.
플라스틱 조화에 대한 아이디어를 얻고 이를 사업화하여 사업의 발판을 마련한 것도 이러한 방대한 독서량이 밑받침되었기에 가능했던 것이다.

둘째, 신뢰 경영이다.
본인의 철저한 노력으로 사업을 일구어가는 과정에서 타인을 괴롭히거나 악한 방법으로 편법을 쓴 적이 한 번도 없다. 언제나 타인을 따뜻하게 대했고 그것이 리자청이라는 개인에 대해 신뢰를 쌓게 했다.

이렇게 맺어둔 좋은 친분이 중요한 역할을 해 주었다. 중국 정부, 각 부문의 사람들과 좋은 인간 관계를 맺어 필요할 때 이들의 도움을 받을 수 있었던 것이다. 인적 자원이란 정말 중요하다.


셋째, 도전 정신이다.

그의 일생은 도전의 연속이었다. 그 도전에 성공하기 위하여 그는 초인적인 노력을 기울였다.

밤 12시에 전기가 끊어진 아파트 10층의 자기 집까지 올라가면서, 너무 피곤하여 눈을 감고 계단의 숫자를 셌다는 일화가 그의 인내심을 잘 보여 준다.


마지막으로, 그의 검소한 생활 습관을 들 수 있다.

그는 운전 기사 없이 직접 운전하고 언제나 1식 4찬으로 소박한 식사를 한다고 한다.

―조선시대의 거상
# 임상옥

임상옥은 우리나라의 조선시대 거상이다. 사농공상의 신분제가 엄격했던 조선시대에 천한 상인 신분으로 3품 벼슬의 귀성부사에까지 오른 입지전적인 인물이다. 그는 인삼 무역으로 어마어마한 부를 이루고, 훗날 자신의 모든 재산을 사회에 환원한 진정한 부자라고 할 수 있다.

재물에 있어서는 '물처럼 공평하게 하라' 는 정신이 그를 성공한 상인으로 이끌어 주었다. 돈만 많다고 해서 거상이라는 이름을 받을 수 없다.

최고의 자리에 오른 임상옥에게도 위기가 찾아왔다. 그의 위기는 끊임없이 생기는 욕심이었다.

'채워도 채워도 채워지지 않는 이 욕심이 내 마지막 위기로구나!'

이것을 깨달은 그는 스스로를 엄하게 다스렸다. 바로 계영배(界盈杯), 즉 '가득 채움을 경계하는 잔' 이 도움이 되었다.

신기하게도 이 잔에 술을 7부(70%)가 넘어가도록 따르면 술이 모두 사라지는 일이 일어났다.

'아, 사람의 욕심이 끝이 없는 것이구나. 나는 앞으로 이 술잔을 경계삼아 진정한 상도를 실천하는 거상이 되어야겠다.'

그 이후 그는 더 이상 재물에 마음을 빼앗기지 않고, 자기가 힘써 모은 모든 재물을 사회에 환원할 수 있었다고 한다.

財上平如水 (재물은 평등하기가 물과 같아야 하고)
人中直似衡 (사람은 바르기가 저울과 같아야 한다)

임상옥은 재물과 사람을 대하는 기준이 되어야 할 귀한 명언을 남겼는데, 오늘날에도 우리에게 귀한 교훈을 주고 있다.

# 제프 헨더슨

제프는 마약 사범으로 235개월, 즉 19년 7개월 형을 언도받은 무시무시한 죄수였다. 그런 그가 오늘날 미국의 최고의 요리사가 되었다.

그는 LA 뒷골목에 자리한 더러운 빈민가에서 태어났다. 부모의 이혼과 가난, 그리고 환경에 휩쓸려 열 살이 되기 전에 한쪽 눈의 시력을 잃어버리고 뒷골목을 누비는 깡패가 되었다.

어려운 환경 때문에 그는 도둑질을 하게 되었고, 중학교 시절에는 나쁜 친구들과 어울리며 급기야 마약 밀매 거래까지 하게 되었다. 돈을 벌기 위해서라면 어떤 일도 마다하지 않았다.

그리고 24살이 되던 해에 마약 밀매 죄로 체포되었다.

'미래도 희망도 없는데 교도소에서 살면 어때.'

희망을 잃어버린 그는 재소자들이 가장 싫어하는 주방 설거지를 해야 했다. 날마다 하루 세 번씩 1천 500명이나 되는 재소자들의 그릇을 설거지하는 것이 그의 일이었다.

그러던 어느 날, 그는 우연히 빵을 만들고 있는 요리사의 모습을 보게 되었다.

'아, 참 멋있다!'

그는 요리사의 매력에 푹 빠져 버렸다. 교도관을 찾아간 그는 통사정하여 마침내 요리사 제복을 입을 수 있었다.

이후 그에게는 눈부신 꿈이 생겼다. 최고의 요리사가 된다는 꿈이 생긴 것이다.

10여 년 후, 교도소 생활을 마치고 다시 세상에 나온 그는 밑바닥에서부터 시작했다. 요리를 배우는 과정에서 극심한 인종 차별과 전과자에 대한 사회의 편견으로 많은 고통을 겪었지만 꿈이 있었기에 극복할 수 있었다.

마음 속에 품은 꿈은 그 어떤 역경과 어려움도 묵묵히 극복할 수 있게 해 주었다. 그리고 마침내 그는 라스베이거스에서 최고의 호텔 요리사, 즉 미국 최고의 요리사가 된 것이다.

# 빌 클린턴

   빌 클린턴은 진보적인 대통령이었다.

   단점도 많았지만 그는 언제나 최선을 다하고자 노력하는 열정이 있었다.

   클린턴은 유복자로 태어나 결손 가정에서 소년 시절을 보냈다. 그러나 좀더 나은 미국을 만들겠다는 생각이 어릴 때부터 있었다.

   15세 때 아칸소 주 우수 학생으로 뽑혀 백악관을 방문하여 존 F. 케네디 대통령과 악수하는 기회를 가짐으로써 정치가가 될 결심을 하였다.

   '아, 나도 세상을 바꾸는 사람이 되어야지!'

   동경하던 사람과의 만남이 그의 인생을 단숨에 바꾸어 놓았던 것이다.

   민주당 우파에 소속되어 1992년에 현직 대통령 조지 W. 부시를 누르고 제42대 대통령에 당선됨으로써 사상 세 번째로 젊은 46세의 대통령이 되었다.

   클린턴은 전후 세대로서 최강의 군사력과 적극적인 경

제 정책으로 미국을 새롭게 탄생시킨다는 노선을 지향하면서 1993년 1월에 대통령에 취임하였다.

그에게는 순탄하지 않은 시간들도 있었다.
1997년 12월에 백악관 여직원이던 르윈스키와의 성추문 사건이 공개되어 나라 안은 물론 전 세계에 큰 파문을 일으켰다.
1998년 10월, 하원은 클린턴에 대한 탄핵 조사안이 가결되었으며, 같은 해 12월에 탄핵안도 가결되었다.
그러나 1999년의 탄핵 소추에도 큰 영향을 받지 않고 실용적인 경제 및 대외 정책에 크게 힘입어 70%에 이르는 지지도를 얻기도 했다.

# 힐러리 클린턴

힐러리는 자기가 원하는 것을 분명하게 아는 여성이었다. 총명한 그녀는 언제나 자신만만했다.

그녀는 대학 시절부터 줄곧 스스로에게 다짐시켰다.

"내 남자 친구는 대통령이 될 거야."

그 다짐대로 힐러리는 93년, 자신의 말대로 남편을 대통령에 당선시켰다.

힐러리 클린턴은 여러 모로 미국 퍼스트레이디의 역사를 다시 쓴 인물이다. 그녀는 전문 직업을 가진 첫 퍼스트레이디였으며 백악관 서관에 자기 사무실을 가진 최초의 대통령 부인이었다.

그녀는 또 처음으로 남편의 재임 시 선거에 나섰던 퍼스트레이디이며 뉴욕 주에서 당선된 첫 여성 상원의원이자 대통령 유력 후보로 거론되어 대통령 선거 후보가 된 첫 여성이기도 하다.

그녀의 자신감을 보여 주는 재미있는 유머가 있다.

미국의 42대 대통령 빌 클린턴 대통령 부부가 주유소에 갔다가 우연히 힐러리 클린턴 미 상원의원의 옛 남자 친구를 만났다.

돌아오는 길에 빌 클린턴이 물었다.

"당신이 저 남자와 결혼했다면 지금 주유소 사장 부인이 되어 있겠지?"

그러자 힐러리가 되받았다.

"아니, 바로 저 남자가 미국 대통령이 되어 있을 거야."

힐러리의 꿈의 단계는 크게 3단계였다.

첫째, 남편을 최대한 젊은 나이에 대통령에 당선시킨다.

둘째, 퍼스트 레이디로 일하면서 대통령보다 뛰어난, 최초의 여성 대통령이 되기에 충분한 사람임을 보여 준다.

셋째, 대통령 선거에 출마한다.

최고의 전략가였던 힐러리의 남편이 대통령에 당선된다는 완전한 믿음은 빌과 그가 대통령이 되면 각료로 일하게 될 동료들을 끌어들이는 데 충분했다.

힐러리는 남편이 대통령에 당선되기 전부터 이미 자신의 꿈이 실현된 것처럼, 마치 대통령처럼 미국 사회 곳곳의 문제점을 지적하고 합리적인 해결책을 제시하는 등 자신의 꿈에 최선을 다한 사람이었다.

# 유일한

유일한은 아홉 살 때 선교사를 따라 미국으로 건너갔다. 산 설고 물 선 미국 땅에서 그는 고학으로 미시간 대학을 졸업했다.

그 후 캘리포니아 대학에서 상학 석사 학위를 받았고, 계속해서 스탠포드 대학원에서 법학을 공부하였다.

1922년에는 숙주나물을 취급하는 라초이 식품 회사를 설립하여 3년여 만에 50만 불에 이르는, 당시로서는 큰돈을 벌 수 있었다. 그의 집념과 창의력, 그리고 추진력과 돌파력이 하나로 뭉쳐져 이룩한 귀한 열매였다.

1925년, 고국으로 오는 길에 중국 상인들이 세금을 덜 내기 위하여 부정한 수단을 부리는 모습을 보고 굳게 결심하였다.

'나는 어떤 경우에도 세금만큼은 철저히 납부하는 성실한 기업인이 되어야지.'

훗날 유한양행의 철저한 세금 납부의 전통이 그 시절에 기틀이 닦여졌던 것이다.

아홉 살에 고국을 떠난 후 21년 만에 귀국하게 된 그는 고향 사람들의 병약하고 지친 표정들을 보고 안타까움을 금할 수 없었다.

그리고 동포들이 질병을 앓고 있으면서도 약이 없어 치료받지 못하는 모습을 보고는, 조선에 다른 어떤 사업보다 제약 사업이 필요함을 느꼈다.

그래서 라초이 회사를 판매한 기금 전액을 투입하여 의약품 취급 회사인 유한양행을 설립하였다.

이렇게 시작된 유한 기업이 한국 땅에서 깨끗한 자본주의, 올바른 자본주의 정신을 따라 기업을 경영하는 본보기가 되었다.

'바른 기업을 만드는 것이 나의 목표다'

특히 유한기업이 여타 다른 기업과 달랐던 점은 정경 유착과 탈세, 비리와 부조리로 점철된 한국 기업사에서 유독 정직과 투명성을 바탕으로 하여 정도를 지켜왔다는 것이다.

백성들의 유익과 국가에 기여하는 기업의 공익 정신을 구현하는 기업의 정도를 지켜 올 수 있었다는 점이다.

# 마이클 조던

조던의 대학교 때 코치는 이런 말을 했다.

"조던은 지구가 아닌 다른 별세계에서 온 사람이 아니다. 매일 연습한다는 자신과의 약속을 스스로 지켰을 뿐이다. 그는 연습장을 가장 먼저 찾아와 가장 늦게 떠나는 선수였다."

NBA에서 조던이 남긴 업적은 엄청나기도 하지만 그의 형은 조던보다 20cm 가량이 작은 키에도 불구하고 조던에 못지않은 탄력과 무빙을 보여 주었다.

작고 마른 키로 고교를 탈락한 그였지만 피나는 노력 끝에 졸업할 당시 지역 최고의 고등학교 농구 선수가 될 수 있었다.

조던이 학창 시절 위와 같은 조던의 형인 래리 조던의 반만큼이라도 따라가겠다는 의미로 래리 조던의 넘버였던 45번의 절반에 가까운 23번이라는 넘버를 택했다.

이후 은퇴를 하며, 영구 결번했다가 돌아와서 영구 결번된 넘버는 재사용하지 못한다는 규정으로 인하여 바로 23

번을 사용하지 못해서 45번을 달고 뛰었던 적도 있다.

하지만 45번을 달고 돌아온 그의 경기는 23번을 달았던 이전의 그만 못했다.

'기어이 회복하고야 말겠어.'

그는 노력하고 또 노력했다. 이후 다시 23번을 달고 코트로 돌아온 그는 그의 실력이 녹슬지 않고 건재함을 증명해 주었다.

"조던은 농구 역사상 최고의 선수다. 조던만큼 정신적으로 강인한 사람을 만나 본 적이 없다."

같은 시기에 선수 생활을 한 먹시 보그스의 말이다.

강한 승부욕과 정신적인 강인함이 조던을 지금의 자리에 있게 만들었다.

# 장 크리스티앙

장 크리스티앙은 가난한 집안의 19형제 가운데 열여덟 째로 태어났다. 그는 선천적으로 한쪽 귀가 먹고, 안면 근육 마비로 입이 비뚤어져 발음이 어눌했다.

말을 전달하기도 어려웠고 자신이 말을 시작하면 이상 하게 보는 주변의 시선 때문에 힘들기도 했다. 하지만 소 년은 그에 개의치 않고 말하기 위해 많은 노력을 했다.

그는 청년이 되어서 정치에 뜻을 품고 선거 유세를 하러 나가게 되었다.

"여러분, 저는 언어 장애가 있다는 것 때문에 오랜 시간 을 괴로워했습니다. 하지만, 지금은 저의 언어 장애 때 문에 제 생각과 의지를 전부 전하지 못할지도 모른다는 생각에 두렵습니다. 인내심을 가지고 저의 말을 들어 주 십시오.

저의 서툰 발음이 아니라 그 속에 담긴 저의 생각과 의 지에 귀 기울여 주셨으면 합니다."

그 때 누군가 소리쳤다.

"하지만, 집단을 대표하는 사람에게 언어 장애가 있다

는 것은 치명적인 결점입니다! 사람은 할 수 있는 일과 할 수 없는 일을 분명히 알아야 합니다."

그러자 그는 어눌하지만 단호한 목소리로 말했다.

"나는 말은 잘 못하지만 거짓말은 안 합니다."

이 사람이 캐나다 총리 장 크리스티앙이다.

그는 1963년에 스물아홉의 나이로 하원의원에 당선되었고, 신체 장애에도 불구하고 93년에 총리가 된 이후 세 번이나 다시 총리에 발탁되었다.

"신체 장애가 있어서 총리를 역임하기에는 부족하지 않을까요?"

분명히 이런 시선도 있었지만 그는 다 뛰어넘었다. 자신의 신체 장애와 그로 인한 고통을 정직하게 시인함으로써 오히려 국민의 지지를 받았다.

# 링컨

하고자 했던 일마다 실패하고, 뒤로 넘어져도 코가 깨지는 억세게 운이 나쁜 사람이 있었다.

링컨의 생애는 한마디로 실패와 불행의 연속이었다.

그러나 그는 좌절하지 않고 오뚝이처럼 일어서서 인생의 위기를 극복하여 미국 역사상 가장 위대한 대통령이 되었다.

 

실패로 점철되었던 그의 인생 여정에서 발견할 수 있는 위대성은 자신의 실패의 책임을 올바르게 인식하고 실패를 극복하는 방법을 잘 알고 있었다는 점이다.

젊은 시절에 두 번의 사업 실패로 인한 빚을 갚는 데 무려 17년의 세월이 걸렸고, 그가 겪은 낙선의 실패는 일곱 번이나 되는 불운과 사랑하는 사람도 많이 잃는 불행을 견디어냈다.

10살 때 어머니를 잃었고 20살 때 누이 사라마저 세상을 떠났으며, 27살에 결혼을 약속했던 연인 앤 메이가 불치병으로 죽었다. 42세, 53세에 둘째 아들인 5살짜리 에드워드와 셋째 아들인 12살짜리 윌리엄을 잃는 아픔을 겪었다.

7전 8기의 역경을 극복한 그는 어떤 어려운 상황에서도 여유와 유머로서 슬기롭게 대처하는 역량을 발휘했다. 그의 겸손과 너그러운 인품의 빛을 사람들이 알아보기 시작했다.

이 사람은 그래도 희망을 포기하지 않고 인내하며 내일의 삶을 가꾸어 나갔다. 그리고 드디어 대통령의 자리에 올라 노예 해방을 선언하여, 세계 역사의 흐름을 바꾸어 놓은 위대한 인물이 되었다.

링컨은 어느 날 이런 질문을 받게 되었다.
"당신이 위대해진 성공의 비결은 무엇입니까?"
그는 이렇게 대답했다.
"네, 저는 실패를 많이 겪었기 때문입니다."

링컨은 정상의 자리에서도 결코 교만하지 않고 평범하게 생활했다.
그는 검소했고 소탈함을 보여 주어, 많은 사람들로부터 존경을 받았다.
많은 시행 착오야말로 성공의 비결이다.

— 미국의 방송인
# 오프라 윈프리

오프라 윈프리는 1년에 2,500억 원이라는 큰 돈을 버는 흑인 여성이다.

그녀는 타임지가 뽑은 20세기 영향력 있는 인물 100인에 뽑힌 여성이고, 미국 연예계에서 가장 강력한 브랜드 가치를 지녔다.

미국 연예인 가운데 억만장자로 최고의 재산을 가진 그녀는 사생아로 태어났다.

오프라 윈프리는 흑인에다 뚱뚱했고, 가난하고 불행했던 어린 시절을 지냈다. 아홉 살 때에는 열아홉 살의 사촌 오빠에게 성폭행을 당했고, 이후로 어머니의 남자 친구와 이웃 아저씨에게 수차례 성적 학대를 받았다.

그러나 현재 오프라 윈프리는 인기와 존경 · 명예 · 돈 모두를 얻었다.

어려운 환경에도 불구하고 그녀가 성공할 수 있었던 비결 그것은, '끊임없는 독서를 통한 지적 탐구'를 강화했기 때문이다. 오프라 윈프리의 지적 수준은 대단하며 엄청난 독서의 양은 그녀를 강하게 만들어 갔다.

그녀는 어린 시절 의붓아버지가 정한 규칙에 의해 일주

일에 책을 한 권씩을 읽어 나갔다. 어려움도 많았던 지긋지긋했던 어린 시절이었지만 꾸준한 독서 습관은 그녀의 마음을 위로해 주었고 넓은 안목을 갖게 해 주었다. 독서는 그녀의 유일한 재산이 되었다.

독서가 그녀의 인생을 바꿨다는 고백에 전 세계 수백만의 사람들이 책에 관심을 갖게 되었고, 팬들은 그녀가 골라 준 책에 우르르 몰려들었다.

오늘날 그녀는 '출판업계의 마이다스'로 불리며 그녀가 추천하는 책은 순식간에 베스트셀러가 되곤 한다. '오프라 현상'이라고 할 정도로 책과 독자들에 대한 그녀의 영향력은 엄청나다.

오프라는 14살에 미혼모가 되었다는 사실이 밝혀졌을 때도 솔직히 인정하고, 이를 청소년 성 문제에 대한 프로그램 차원의 캠페인을 벌였다.

과거의 걸림돌을 오히려 도약의 발판으로 삼은 그녀의 성공 비결은 독서로부터 시작된 것이었다.


오프라는 때때로 힘들고 지칠 때, 그녀가 가장 좋아하는 흑인 영가의 한 구절을 생각한다고 한다.


"나는 계속 달려갈 것이다. 끝이 어떠할지 볼 것이다.
나는 계속해 달려갈 것이고, 그 끝이 어떤지를 보게 되리라고 믿는다."


● 오프라 윈프리의 10계명
1. 일부러 남들의 호감을 얻으려 애쓰지 말라.
2. 앞으로 나아가기 위해 외적인 것에 의존하지 말라.
3. 일과 삶이 최대한 조화를 이루도록 노력하라.
4. 주변에서 험담하는 사람들을 멀리하라.
5. 다른 사람들에게 친절하라.
6. 중독된 것들을 끊어라.
7. 당신과 버금가는, 혹은 당신보다 나은 사람들로 주위를 채워라.
8. 돈 때문에 하는 일이 아니라면 돈 생각은 아예 잊어버려라.
9. 당신의 권한을 다른 사람에게 넘겨 주지 말라.
10. 포기하지 말라.

—미국의 부호 · 자선가, 전 MS 경영인
# 빌 게이츠

2007년 포브스지 선정 세계 1위의 부자의 자리를 오랫동안 유지해 온 폴 앨런과 함께 세계적인 기업 마이크로소프트를 설립하여 대대적인 성공을 거두었다.
빌 게이츠는 자신의 성공의 비결을 이렇게 말했다.

'장기적 비전을 위해 단기적 손해를 감수한다. 이것이 성공의 비결이다.'

빌게이츠의 신념은 세계 모든 사람의 책상 위에 컴퓨터를 한 대씩 놓는 것이었는데, 늘 강한 신념을 가지고 자신을 믿었고, 노력한 결과 결국 세계 제일의 부자가 되었다.
빌게이츠의 어록을 보면,

'다른 사람의 좋은 습관을 내 습관으로 만든다.',
'배울 것이 있으면 하나라도 배우라' 라고 말한다.'
라는 말이 있다.
이 말에서 볼 수 있듯이 빌게이츠는 새로운 생각, 새로운 도전 의식을 가진 사람들의 습관이나 말을 귀담아서 자기 것으로 만드는 탁월한 능력이 있다.

이것이 빌게이츠가 세계 최고 갑부이며 또한 겸손한 세계적인 리더 1위로 꼽히는 이유이기도 하다.

빌게이츠는 최고 명문 대학인 하버드 대학 법학과에 입학했지만, 자신의 꿈을 위해 자퇴를 하였다.

이것은 학력이 성공을 보장하지 않는다는 것을 보여 주며, 그가 스무 살에 세계적인 컴퓨터 회사를 설립하고 세계 최고의 부자가 되게 만든 계기가 되었다.

빌 게이츠가 12세였을 때 그의 반항은 극에 달하였다.

'도저히 그냥 두고 볼 수가 없겠다.'

참다못한 아버지가 컵에 있는 물을 아들의 얼굴에 끼얹은 적까지 있었다고 한다.

그 사건으로 인해 어린 소년은 정신적으로 큰 충격을 받았고, 정신을 차리게 되었다고 한다.

그 이후로 그 소년은 사립 학교로 전학을 가서 우연히 컴퓨터에 큰 흥미를 느끼고 깊이 빠져들었다. 그 일이 계기가 되어 그는 컴퓨터와 소통하는 새로운 인생을 시작할 수 있었다.

전무후무한 컴퓨터의 황제로 알려진 빌 게이츠는 꿈의 사람이었다. 그는 마음에 간직한 꿈으로만 산 것이 아니라, 그 꿈을 이루기 위하여 끊임없이 도전하며 땀과 노력을 아끼지 않았던 인내의 사람이기도 했다.

빌 게이츠가 세계 최고 갑부 위치에 있으면서도 교만하지 않은 세계적 리더 1위로 꼽힌다. 그가 존경받는 이유 세 가지를 전문가들은 아래와 같이 지적하고 있다.

첫째, 게이츠는 최고 명문 대학인 하버드대 법학과에 입학했지만 앞으로는 컴퓨터 시대가 온다는 것을 예견한 후 과감히 자퇴했다. 이 결단은 그가 20세에 세계적 컴퓨터 회사를 세우게 만든 계기가 되었다.

둘째, 그는 아내인 멜린다를 만나기 전까진 돈만 많이 벌었으나 아내인 멜린다를 만난 뒤엔 자신의 재산을 사회에 되돌리는 데도 관심을 쏟게 되었다.

셋째, 그의 기부 습관이다. 게이츠는 보유 재산과 기부 금액에서도 세계 1위를 차지하고 있다.

2008년 6월 27일, 공식적으로 마이크로소프트에서 퇴임하고 빌&멜린다 재단에서 풀타임 근무를 시작하였다. 현재는 마이크로소프트의 명예 회장이다.

# 앤드류 카네기

앤드류 카네기는 어느 날 호텔에서 잠을 자게 되었다. 그런데 그 호텔에서 가장 작고 값싼 방을 예약하는 것이었다.

"왜 그러십니까, 사장님? 사장님 같은 부자가 이런 작고 값싼 방을 예약하시다니 말이 됩니까? 좀 화려하고 비싼 방으로 모셨으면 합니다."

"아니, 나는 값싼 방이 좋소. 내가 가난하던 시절에 살던 방식으로 사는 것이 좋다오."

"지난 주에는 사장님의 아드님도 이 곳에서 묵었습니다. 그런데 아주 넓고 호화로운 방에서 묵었는걸요. 아드님이 묵은 방보다 못한 방에서 묵으신다는 게 제 생각에는 말이 안 되는 것 같습니다."

카네기는 그 말에 너털웃음을 터뜨리며 말했다.

"아, 그래요? 그놈은 부자 아버지를 두었으니까 그렇게 해도 되겠지요. 그러나 나는 불행하게도 가난뱅이 아버지를 둔 걸요, 하하하."

카네기라면 철강왕보다는 자선가로 유명한 사람이다. 그는 일생에 번 돈은 죽기 전에 좋은 일에 사용해야 한다는 인생 철학을 가지고 산 사람이었다.

신문 기자가 카네기를 방문하여 지금의 청년들을 위하여 성공의 비결이 있다면 말해 달라는 요청을 받았다. 그는 망설이지 않고 이렇게 말했다.

"첫째, 가난뱅이의 아들로 태어난 것이오.
성공의 비결을 나는 그렇게 믿고 있소.
나는 밤과 낮을 가리지 않고 가난한 생활을 한탄하시고 계시는 부모님을 볼 때, 나는 여기서 분발하여 가난이란 이놈, 어디 두고 봐라! 부모님을 늘 이렇게 근심시키는 네놈을 없애 버리고야 말겠다 결심하고, 맡은 일에 부지런히 일해 오늘의 성공을 이루었소.
둘째는 무슨 직업이라도 좋으니 항상 일등이 되기 위해 힘쓰는 것이오.
내가 열두 살 때에 방직 회사에 들어가서 실감기 직공이 되었을 때는, 세계에서 제일가는 실 감는 직공이 되어 보자는 결심을 갖고 일하였고, 또 신용을 얻어 전신 기사로 승격한 후에도 계속 최고의 기술자가 되겠다는 생각으로 일을 했기 때문이오."

카네기는 독서광이었다.

또래 아이들보다도 키가 작았지만 친구들보다도 유난히 많은 것이 있었다. 바로 호기심이었다.

학교를 다니기 시작한 지 며칠 안 되었을 때, 그는 이미 교장 선생님의 책상 위에 있는 책을 무엇이든지 다 읽을 수 있도록 허락을 받았다.

'난 밥을 먹는 것보다도 책을 읽는 것이 더 좋아.'

그는 이렇듯 일찍 독서에 취미를 붙이게 되었던 것이다. 책상 위의 책들을 다 읽어 버리자 교장 선생님은 다른 책을 다시 두 권 갖다 놓았다. 물론 카네기는 그 두 권의 책도 빌려다 읽었다.

산업 혁명으로 가업이었던 직물업이 불황의 늪에 빠지자, 집안 전체가 미국으로 건너갔다.

현재의 피츠버그에 정주하여, 펜실베이니아 철도 감독 등을 거쳐 피츠버그에서 제철 회사를 운영했다. 그의 사업은 파업이나 불황에도 관계없이 더욱더 발전해 마침내는 미국 철강의 4분의 1을 생산하기에 이르렀다.

사업을 처분하고 은퇴한 이후에는 주로 스코틀랜드의 도노크 퍼스 저택에서 보내면서, 각종 재단 및 연구소, 기금 등을 통해 자신의 전 재산을 사회에 환원했다.

그는 3천 곳이 넘는 미국 각지의 도서관을 건립하는 데 서슴없이 거액을 기부하고 나서 이렇게 말했다

"오늘날의 소년 소녀들은 좋은 책을 많이 읽을 수 있게 되었다. 학교 공부를 마친 후에나, 또는 일을 마치고 나서 이용할 수 있는 쾌적한 도서실도 있다. 나는 가끔 오후 5시경 조용히 나의 방에 앉아서 이곳저곳 도서관에서 책을 읽고 있을 많은 소년 소녀들의 모습을 마음 속으로 그려 보곤 한다.

나는 그러한 한때가 즐거운 것이다. 때때로 나는 공상 속에서 어린이로 돌아가 그들과 함께 책을 읽고 있다."

# 이병철

    이병철 회장은 1938년, 3만 원의 자본금으로 대구에 삼성상회라는 간판을 내걸고 사업에 첫 발을 내딛었다.
    나중에 삼성물산을 세우고 무역업을 하면서 제일제당과 제일모직을 설립하여 크게 성공을 거두었다.
    그는 모든 일에 '수신제가 치국평천하' 를 기본으로 삼았다.
    그는 자로 잰 듯 정확하고 치밀한 사람이었다. 그의 모든 사업에서는 철두철미함이 묻어났다.

    이병철 회장은 천석지기 부자의 아들로 태어나서 일본 와세다 대학 전문부 정경과에 입학하였다가 중퇴하였는데, 시간을 쪼개 지식을 쌓는 일에 게을리하지 않았다.
    그래서인지 그는 '사업에는 국내외 정세에 대한 통찰이 있어야 하고, 무모한 과욕과 투기는 지양되어야 하며, 직관력의 연마를 중시해야 하며, 실패할 때에 대비해 제2, 제3의 대안을 마련해야 한다' 고 늘 강조하였다.
    이 회장이 계열사 사장들은 호출하면 첫마디가 "이야기해 봐라." 였다. 상황이 어떤지를 묻는 것이었다.

보고를 들으면 '왜 그런가?', '어떻게 할 것인가?'를 또다시 질문했다. 다 듣고 나서는 이번에는 '그것만 하면 다 되느냐?'고 물었다. 늘 질문이 많았는데 경영인으로서 자기가 말하기보다도 상대방에게 말할 수 있는 기회를 많이 주었다.

"경영자라면 상황 분석을 올바로 해서 가장 중요하고 시급한 핵심 과제를 적어도 3개 정도는 항상 파악하고 있어야 합니다. 또 반드시 이런 과제를 해결하는 비전과 전략을 가지고 있어야 합니다."

올바른 상황을 정확하게 파악하고 해결책을 찾아가는 해결 능력까지 길러 주는 이병철 회장 나름의 방법인 KT법은 미국의 찰스 H. 케프너와 벤자민 B. 트리고가 1958년에 전파한 혁신적인 사고 기법이다. 이 기법을 고안한 두 사람(케프너, 트리고) 성의 머리글자를 따서 KT법이라고 한다.

KT법은 상황 분석·문제 분석·결정 분석·잠재적 문제 분석 같은 4단계 '어떻게 돌아가고 있는가?'가 상황 분석이다. '뭐가 문제인가?" 하는 질문이 바로 문제 분석이다.' 어떻게 풀 것인가?'는 결정 분석에 해당된다.

특히 '그것만 하면 다 되는가?'라는 질문은 대단히 중요하다. 놓치고 있는 것이 없는가를 체크하는 과정이기 때문이다.

KT법은 지금까지 전 세계의 많은 기업에서 활용해 왔는데, 삼성은 1986년에 KT법을 그대로 사용하지 않고 삼성의 경영 상황에 맞게 수정 보완하였다. 그 결과 '합리적 사고 방식(EMTP)' 이라는 교육 과정을 만들게 되었고, 지금까지 신임 초급 간부에게 계속 교육해 왔다.

오늘날 우리나라는 물론 세계 속의 삼성 그룹으로 성장할 수 있었던 배경에는, 삼성 경영자 대부분이 이 같은 EMTP의 바탕 위에서 자연스럽게 경영 고수의 보편적 사고 방식을 몸에 익히게 되었기 때문이다.

어느 날 고민을 하고 있는 아들에게 이병철 회장은 이런 말을 한 적이 있다.

"아들아, 무얼 그렇게 고민하는 게냐? 무엇을 하든지간에 네가 하고자 하는 것을 정할 때에는 그것에 관련된 모든 자료를 모아 분석한 후 결정을 내려라. 그리고 일단, 결정을 내렸으면 무슨 일이 있든간에 그것을 이루기 위해 무슨 수라도 써서 끝까지 노력해라. 그러면 성공할 것이다."

—현대 그룹 창업자
# 정주영

정주영은 우리나라의 경제계의 거목으로, 오늘의 현대 그룹을 창업하여 한국 경제를 일으켜 세운 위대한 경영인이다. 그는 과감한 결단력과 강력한 추진력으로 현대 그룹을 창업하여 성장시킨 입지전적 인물이다.

사업에 있어서의 결정적인 돌파력은 그 누구도 따를 수 없을 만큼 강했다. 무서운 열정으로 밀어붙이는 추진력이 있었다.

불가능을 뚫고 전진하는 도전적인 돌파력은 혼자 모든 것을 결정해야 했던 가난한 성장 배경의 영향이 크다고 볼 수 있다.

정주영은 생전에 세 가지의 경영 철학을 가지고 현대를 이루었다고 한다. 그 세 가지 경영 철학은 '세 가지의 동물 철학'이다.

1. 빈대 철학
2. 청개구리 철학
3. 쥐 철학

쥐 철학은 쥐가 달걀을 훔쳐가는 것을 보고 깨달은 것이다. 쥐 두 마리가 달걀을 훔쳐가는데, 우선 한 마리가 먼저 달걀을 끌어안고는 벌러덩 드러눕자, 다른 한 마리는 달걀을 안은 쥐의 꼬리를 꽉 물고는 질질 끌고 가는 모습을 보고는,

"목표 달성을 못하면 이는 쥐보다 못한 자이다."

하고 깨달았다고 한다.


또, 하찮은 미물로 여기는 빈대에게도 배우라고 했다.

정주영이 노동자 시절 인천 부두에서 노동을 하고 있었는데, 합숙소에 빈대가 많아 잠을 잘 수 없었다. 궁리 끝에 긴 식탁 위에 올라가 잤다.

그러나 빈대들은 이내 식탁 다리를 타고 기어 올라와 온몸을 물었다. 그는 다시 머리를 써서 식탁 다리 밑에 대야를 놓고 물을 채웠다. 이틀 동안은 단잠을 잘 수 있었다.

그러나 사흘째 되는 날 빈대들은 벽을 타고 천정으로 올라가 식탁 위로 떨어지는 새 방법을 개발했고 그는 다시 물리기 시작했다.

그 후 정주영은 '빈대에게도 배울 것이 있다' 며 쉽게 포기하는 사원들에게 야단을 치기도 했다.


"나는 어떤 일을 시작하든 반드시 된다는 확신 90%에 되게 할 수 있다는 자신 10%를 가지고 일해 왔다. 안 될

수도 있다는 회의나 불안은 단 1%도 끼워 넣지 않는다.
기업은 행동이요 실천이다."

그 누구보다 열정에 넘치고 그 누구보다 낙관적이며 상
식을 탈피하는 도전 정신이 강했다. 말하기 이전에 행동
하고 포기할 줄 모르는 진취적인 사람이었다.
평생 새벽 4시 30분경에 아침 식사를 하고 하루의 일과
를 시작한 부지런한 그의 삶은 유명하다.

그는 부지런함과 사업에 대한 정열을 바탕으로 기업을
키웠다. 고령에도 불구하고 대통령 선거에 도전한 그의
열정은 인간의 정신은 단련하기에 따라서 얼마든지 강해
질 수 있다는 것을 보여 주었다.

—켄터키 프라이드 치킨 회사 창업자
# 토마스

    토마스는 자신의 삶을 통해 우리에게 자신 있는 한 가지 일에만 전념하라는 교훈을 준다. 이것도 하고 저것도 하는 수박 겉 핥기식으로는 전문가가 될 수 없고 남다른 성공을 거둘 수도 없다는 것이다.

    닭 튀김만 전문으로 하는 켄터키 프라이드 치킨사를 세운 토마스는 11세 때부터 식당에서 일했다. 또한, 어려운 형편 때문에 그는 학교라곤 다녀 본 적이 없었다.
    '나도 공부하고 싶은데… 어쩔 수 없지, 뭐. 형편을 탓해서 무엇하겠는가!'

    그는 29세 때 오하이오에서 작은 식당을 차렸다. 그러나 너무 장사가 안 되어 더 이상 유지할 수가 없었다.
    '폐업 신고를 하는 것이 낫겠다.'
    그는 힘없는 발걸음으로 폐업 신고를 하러 갔다.
    그런데 그 곳에서 우연히 만난 한 고객의 말을 듣게 되었다. 그는 생각만 해도 기분이 좋아진다는 듯 얼굴에 함박웃음을 지으며 이렇게 말했던 것이다.

"당신의 식당에선 닭 튀김이 제일 맛있더군요."

"네?"

"다른 건 몰라도 닭 튀김은 넘버 원이지요. 언제나 생각이 나거든요."

"아, 그래요?"

그의 머릿속에 번개가 치듯 번쩍 묘안이 떠올랐다.

**"바로 이거다! 단순하게 생각하자!"**

토마스는 곧 식당의 복잡한 메뉴를 다 없애 버렸다. 그리고 닭 튀김만을 전문적으로 팔아 세계적인 회사로 키워냈다.

# 록펠러

록펠러는 늘 싸구려 이발관에 가서 이발을 한 다음, 팁으로 단돈 1달러를 주었다.

이발사는 당연히 대부호가 이발을 하러 왔으니 엄청나게 많은 팁을 바라고 정성스럽게 이발을 했다. 그러나 록펠러는 번번이 그를 실망시키며 단돈 1달러를 팁으로 주었다고 한다. 부자들의 공식인 낭비를 모르는 생활 태도를 굳게 지키는 사람이었다.

하루는 이발사가 섭섭하다는 듯이 말했다.

"회장님, 회장님의 아드님께서도 이것보다는 더 많이 주실 거 같은데요."

그러자 록펠러가 말했다.

"그는 부자인 아버지가 있지만 난 부자인 아버지가 없지요."

록펠러는 33살 때 이미 최초의 1백만 달러를 저축하고 있었다. 43세 때에는 세계 최대의 독점 사업 스탠다드 석유 회사를 설립했지만 53세 때에는 고민과 극도의 긴장된 생활로 그는 산송장과 마찬가지였다.

그는 당시 세계 제일의 부호였으나, 그의 1주일 동안의 식비는 2달러도 들지 않았다. 소량의 산화 밀크와 2, 3개의 크래커가 의사가 허락한 음식물의 전부였다.

그런데 그가 59세에 죽지 않고 98세까지 장수를 누렸던 것은 가장 비싼 의사의 치료에 의한 것은 아니었다.

마침내 의사들은 돈이냐 생명이냐, 둘 중의 하나를 선택하라고 했고 그는 은퇴했다.

운동을 시작하고 꽃을 가꾸고 이웃 사람들과 잡담을 하며 카드놀이도 하고 노래도 하였다.

그는 반성의 시간을 가지며 다른 사람의 일을 생각하게 되었다. 그 생애 처음으로 얼마만큼 돈을 벌 수 있는가의 생각을 그치고 돈이 인간의 행복에 얼마만큼 소요되는 것인가를 생각하기 시작하였다.

결국 록펠러는 자신의 그 막대한 재산을 다른 사람에게 주기 시작하였다.


록펠러가 석유 회사 회장으로 있을 때 임원들의 실수로 회사는 큰 손실을 입었다.

임원들은 불호령을 예상하고 책임을 면할 방법을 생각하고 있었다.

임원 중의 한 사람인 베드포드가 야단맞을 것을 각오하고 회장실에 들어갔을 때, 회장은 책상에 앉아 무엇인가를 종이에 열심히 적고 있었다.

"아, 자네구먼. 어서 오게. 이번에 우리 회사가 입은 막대한 손해를 자네는 알고 있겠지?"

베드포드는 아무 말도 못하고 고개를 숙이고 있었다.

"이번 일에 책임질 임원들과 이야기하기 전에 몇 가지 사항을 정리했네."

록펠러가 베드포드에게 내민 종이에는 책임을 져야 할 임원들의 이름과 그들이 회사에 기여한 일들이 나란히 적혀 있었다. 내용을 살펴보니 임원들이 회사에 입힌 손실보다도 회사에 공헌한 내용이 더 많이 기록되어 있었다.

"나도 그 뒤에는 부하 직원들에게 화낼 일이 있으면, 그의 장점을 먼저 기록하는 습관을 갖게 되었다."

베드포드는 그렇게 회고했다.

—미국의 치즈왕
# 그래프드

그래프드는 처음부터 막대한 자산을 갖고 사업한 것이 아니었다. 그는 마차에 치즈를 싣고 다니며 팔던 가난한 사람이었다.

그는 매일 아침 치즈를 팔러 나가기 전 하나님께 꼭 기도를 드렸다.

'하나님, 오늘 하루도 은혜를 내려 주시고, 제 길을 인도해 주시옵소서.'

그 때마다 판매 전략에 대한 지혜가 생겨 사업이 번창하게 되었고 나중에는 수많은 트럭으로 치즈를 공급하는 세계적인 치즈왕이 되었다.

어느 날 그래프드는 성공 비결을 묻는 질문에 이렇게 대답했다.

"하나님께 지혜를 구하는 기도를 드리면 지혜가 생겼고 그것을 실천했을 뿐입니다."

# 워너 메이커

워너 메이커는 서점 점원으로 사회 생활을 출발하여, 세계적인 백화점왕이 된 사람이었다. 그는 독실한 기독교 신앙인이었다. 특히 그는 믿음과 웃음을 잃지 않고 역경을 극복하며 생활해 많은 사람들에게 존경을 받았다.

존 워너 메이커는 어린 시절 가난 때문에 학교를 다니지 못하고 벽돌 공장에서 직공으로 일했다. 그러나 교회만큼은 열심히 출석했다. 그 교회는 오래 되고 낡은 예배당에서 예배를 드리고 있었다. 모두가 가난해서 새 건물을 지을 엄두를 낼 수 없었다.

그런데 하루는 목사님이 설교를 마치고 교인들에게 이런 광고를 했다.

"우리 교회가 낡아서 도저히 그냥 두고 볼 수가 없게 되었습니다. 개축을 해야 되겠으니 모두 힘 닿는 대로 정성껏 연보해 주십시오."

워너 메이커도 교회를 위해서 무언가 하고 싶은데 아무것도 드릴 것이 없었다. 그래서 벽돌 공장 주인에게 가서 부탁을 했다.

"사장님, 우리 교회를 개축하는데 저는 드릴 돈이 없어요. 저가 벽돌 공장에서 일하니까 벽돌을 조금만 주시면 교회에 헌납을 하겠습니다. 그리고 그 벽돌 값은 제 월급에서 빼 주세요, 부탁드립니다."

공장 사장이 허락하자, 그는 벽돌을 잔뜩 싣고 수레를 덜그럭거리면서 아침에 교회에 갔다. 워너 메이커가 수레에다가 벽돌을 싣고 땀을 뻘뻘 흘리면서 교회에 가자 목사님이 놀라서 물었다.

"아니, 애야, 이 많은 벽돌을 어디서 가져왔니?"

"목사님, 저는 교회를 개축하는 데 드릴 것이 없습니다. 벽돌 공장에서 일하기 때문에 공장 사장님에게 허락을 맡아 벽돌을 얻어서 왔습니다. 이것을 교회 짓는 데 사용해 주십시오."

목사님이 어린 아이를 안고 눈물을 흘리며 기도를 했다.

"하나님, 이렇게 교회를 사랑하고 충성스러운 어린이를 축복하여 주시옵소서."

그 어린 소년이 자라서 사업을 시작해 점점 축복을 받아 백화점왕이 되었다. 그는 뒤에 100만 달러를 들여서 그 교회를 새로 지어 주었다.

83세인 그가 사업가로 60주년을 맞았을 때 한 기자가 물었다.

"무엇이 당신으로 하여금 성공할 수 있게 했습니까?"

"네, 비결이 있지요. 하나님을 믿으며 즐겁게, 그리고 바쁘게 산 것이 그 비결입니다."

그리고 워너 메이커는 이렇게 덧붙였다.

"어린 시절 가난할 때 정성껏 헌금을 했더니 하나님께서 이런 축복을 주셨습니다."

그는 늘 이렇게 고백했다.

—지휘자
# 토스카니니

토스카니니는 1867년에 이탈리아의 파르마에서 태어나 1957년, 향년 89세를 일기로 뉴욕에서 사망한 세계적인 지휘자다.

그는 가난한 집에서 태어났기 때문에 제대로 지휘 공부를 배울 수 없었다.

첼로 연주자였던 토스카니니는 19세 때 너무나도 유명한 일화에 따라 운명이 바뀌게 되었다.

그는 로시 오페라단 및 오케스트라 소속으로 브라질 공연에 갔는데, 마침 지휘자 레오폴드 미게츠가 극단과 마찰을 일으켜 '아이다' 공연의 막을 올리기 직전 지휘봉을 던져 버렸다.

"흥, 나 없이 한번 해 보시지!"

갑작스러운 상황에 어쩔 수 없이 부지휘자가 지휘대에 올랐지만 청중의 야유에 물러나야만 했고, 이어서 합창단 지휘자가 대신 지휘봉을 잡았지만 마찬가지로 물러나야만 했다.

단원들은 평소 지휘에 대해 뜨거운 열정을 가졌던 19세

첼리스트에게 지휘봉을 잡게 해 달라고 요청했고, 마침내 토스카니니가 지휘대에 올랐다.

관중들의 야유는 그치지 않았지만 토스카니니는 보면대의 악보를 덮고 평소 암기한 악보를 떠올리며 대곡 '아이다'를 완벽히 지휘했다.

청중은 1악장이 끝난 뒤 기립 박수로 마에스트로의 탄생을 축하했다.

토스카니니는 눈이 나빠 보면대 위의 총보를 볼 수가 없었고, 이 때문에 악보를 통째로 외워 이 약점을 덮었다고 한다.

어린 나이에 시력 때문에 좌절했다가 뼈를 깎는 노력으로 이를 극복했을 과정을 떠올리니 숙연해지기까지 한다.

그는 어릴 적부터 오로지 음악을 생각해 왔고 이 때문에 시련이 기회가 된 것이다.

영국의 지휘자 아드리안 볼트는 "그는 음악밖에 생각하는 것이 없다. 나는 그가 다른 문제에 대해 이야기하는 말을 들은 적이 없다"고 했다.

그 지독한 몰두가 마에스트로를 만든 것이다.

—독립 운동가
# 조만식 선생

평안북도 정주의 명문으로 유명한 오산학교에는 재미 있는 이야기가 전해 오고 있다.

당시 그 동네에는 아주 총명한 청년이 살았다. 그는 남 의 집 머슴살이를 하는 청년이었다. 그는 비록 집안이 가 난해서 머슴살이를 했지만 자신의 처지를 비관하거나 부 끄러워하지 않고 오히려 열심히 일을 했다.

'내 처지에 실망하지 말고 최선을 다해 내 일을 해 나가 자. 그러면 반드시 하늘이 내게 기회를 줄 것이다.'

그는 매일같이 주인의 요강을 깨끗이 닦아 놓곤 했다. 그러자 모든 일을 성실하게 감당하는 이 머슴의 자세를 보고 주인은 감동을 하였다.

'세상에! 이렇게 훌륭한 청년이 있나! 가난하게 태어나 서 머슴살이로 인생을 마치기에는 너무나 아깝지 않은 가! 내가 이 청년에게 길을 열어 주어야겠다.'

주인은 그 청년에게 말했다.

"이제부터 너는 머슴 일을 그만두고 학교에 다니도록 해라."

"네!? 무슨 말씀이신지요?"

"네 재주가 아까워서 그런다. 내가 학자금을 대줄 테니 아무 걱정 말고 공부를 하도록 해라."

주인은 그 청년을 평양에 있는 숭실학교에 보내 공부를 시켰다.

마침내 그 청년은 숭실학교를 우수한 성적으로 졸업하고 고향으로 내려와 오산학교 선생님이 되었다. 이 청년이 바로 민족주의자요 독립운동가로 유명한 조만식 선생이었다.

그는 항상 제자들이 인생의 성공 비결을 물을 때마다 이렇게 말했다고 한다.

"여러분이 사회에 나가거든 요강을 닦는 사람이 되십시오."

작은 일에도 충실하고 아름다운 인간 관계를 맺는 사람이 되어야 한다.

# 마크 피셔

　부유하면서도 자기 계발 전문가인 캐나다의 마크 피셔는 '골퍼와 백만장자'라고 하는 재미있는 책을 썼다.

　마크 피셔가 발견한 법칙과 오래 전부터 연구되어 오던 총 11가지의 법칙을 전개하면서 부자의 습성을 기록한 책이다.

　그 책 속에는 중요한 말이 있다.

　'돈이 많은 부자가 아닌, 영혼이 풍요로운 부자가 되는 지혜가 진정 부자가 되는 길이다.'

　'운동으로나 사업으로나 혹은 공부로나 성공하는 사람은 두 가지 특징이 있다. 그 하나는 열정이고 다른 하나는 최선을 다해 산다는 것이다. 즉, 정열적으로 살고 열심히 산다는 것이다.'

　'죽어라 일만 하는 사람보다 똑똑하고 게으른 사람이 최고위직에 가장 적합한 사람이다.'

—골프 선수
# 박세리

미국의 여자 프로 골프 선수로 활약하고 있는 골프왕 박세리에게 성공의 비결이 뭐냐고 묻자 집중력이라고 했다.

미혼의 젊은 여성이 얼마나 하고 싶은 일이 많겠는가! 친구들과 어울려 여행도 하고 남자 친구도 만나고 싶고 쇼핑도 하고 싶을 것이다. 또, 어린 나이에 기라성 같은 세계의 대선배들과 실력을 겨루다 보면 주변의 상황에 따라 마음이 산란해지기도 할 것이다. 성적이 잘 나오기도 하고 실망스러울 때도 있을 것이다. 그럴 때 일희일비하면 마음이 동요되어 평정심을 잃어버리게 된다.

그러므로 내가 지금 몇 점을 맞고 있느냐, 몇 점을 지고 있느냐 그것도 잊어버려야 된다.

오직 경기 한 가지에 집중할 때 값진 열매를 거둘 수 있는 것이다.

박세리는 2004년 5월 10일 미켈롭울트라오픈에서 우승을 차지하여 명예의 전당 입회에 필요한 포인트 27점을 모두 채워, 2007년 한국인 최초로 그 이름을 올리는 영광을 안게 되었다.

―세계적인 부호

# 워렌 버핏

오랜 시간 세계 부호 제2위를 유지해 온 워렌 버핏은 일반 사람보다 5배나 많은 독서를 했다.

그는 16세 때 사업 관련 책을 수백 권 독파한 독서광이었다.

그의 유명한 하루 일과는 부자가 되기를 원하는 사람들에게는 지침서와도 같은 참고 자료가 되고 있다.

'그는 아침에 일어나 사무실에 나가면 자리에 앉아 읽기 시작한다. 읽은 다음에는 8시간 동안 다른 사람과 통화한다. 그리고 난 후에 또 읽을거리를 집으로 가지고 가서 저녁에도 오랫동안 통화한다.'

정보 싸움이 곧 투자의 성공이 될 수 있는 주식 시장에서 그가 마이더스 손으로 불릴 수 있었던 것은 이 같은 독서 습관에서 비롯되었다.

빌 게이츠에 이어 세계에서 두 번째 부자로 꼽히는 그는 지난 6월 25일 자신의 총 재산 440억 달러, 우리 돈으로 44조 원 가운데 85%인 370억 달러, 즉 35조 원이라는 막대한 거금을 기부하기로 발표했다.

이는 미국의 역대 기부금 가운데 가장 많은 액수인데, 자기 총 재산의 85%를 기부하기로 결심을 한 것이다.

버핏은 세계적 거부라는 명성에도 불구하고 평소 중고차를 타고 다닌다. 쓸데없는 사치나 허영이라고 생각되는 일신상의 문제에는 절약하고 아꼈다.

그가 사는 집은 1958년에 3만 1천 달러, 약 3천만 원을 주고 산 것이다.

버핏은 주식 중개인인 아버지의 영향으로 8살이 되면서부터 주식에 관한 책을 읽기 시작했다. 13살 때 벌써 신문을 배달을 하여 돈을 모아 그 돈으로 기계를 사서 중개상을 하여 돈을 버는 등 돈을 버는 재주가 있었다.

주식 투자로부터 거부가 된 이후에도 "재산을 자식에게 물려주면 자식을 망칠 수 있다"고 하며 부의 사회 환원을 주장했다.

그는 부시 행정부가 상속세 폐지안을 발표했을 때 반대했다.

"상속을 할 만한 재산이 있는 사람에게 상속세는 무겁게 물어야 됩니다."

그는 부자일수록 더 많은 세금을 물어야 하는 것이 마땅한 일이라고 주장했다.

더욱이 버핏은 거액의 기부금 가운데 90%는 자신이나 가족의 이름으로 된 재단이 아니라 현재 기부금을 가장 잘 운용하는 빌 게이츠 재단을 선택했다.

"당신은 어떤 사람이기를 원합니까? 원하는 목표가 있습니까? 목표가 있다면 지금 즉시 그렇게 되기 위해 노력하십시오. 나는 예전부터 내가 부자가 될 줄 알았습니다. 단 한 순간도 그 사실을 의심해 본 적이 없습니다."

현재 그는 '존경할 만한 경제인' 1순위로 꼽히고 있다.

—미국의 언론인
# 크론 카이퍼

아침에 일어나서 회사에 출근하기가 싫은 사람들은 크론 카이퍼를 주목해야 한다.

미국 정상의 언론인인 크론 카이퍼에게 사람들이 이렇게 물었다.

"당신의 성공 비결은 무엇입니까?"

크론 카이퍼는 그 질문에 한결같은 대답을 했다.

**"방송은 나를 위해 있습니다."**

바로 직장이 자신을 위해 있다는 말이다. 바로 이것이 성공의 비결이었다.

내가 직장을 위해 있는 것이 아니라, 직장이 나를 위해 있다는 적극적이고 긍정적인 생각이 그를 성공으로 이끌어 준 원동력이 되어 준 것이다.

자기가 하고 있는 일이 천직이라는 생각이야말로 최선을 다할 수 있고, 누구보다도 잘 할 수 있다는 의미일 것이다.

—천재 과학자
# 아인슈타인

독일의 전기 공장 사장의 아들로 태어난 아인슈타인은 창조성이 뛰어난 대표적 지식인이었다.

그는 1879년에 남부 독일 울름에서 태어났는데, 태어나면서부터 지나치게 뒷머리가 커서 부모님은 기형아가 아닐까 하는 생각도 하였다.

그의 뒷머리가 들어갈 즈음에는 지나치게 살이 찌기 시작했고, 거의 말을 하지 않고 혼자서 놀기만 해서 벙어리로 의심하기도 했다. 3살이 되자 거의 정상은 되었으나, 자신이 말한 내용을 몇 번이고 되풀이하는 습관을 7살까지 지니고 살았다고 한다.

게다가 그는 다분히 신경질적이어서 여동생을 다치게 하는 등 여러 가지 사고를 치기도 하였으며 학교에 들어가서는 구구단을 외우지 못했고, 반사 신경이 너무 둔하여 늘 엄한 선생님으로부터 손바닥을 맞아야만 했다.

계산하는 시간이 많이 걸리는 편이었고 그나마 틀린 답을 내놓기 일쑤였다.

"어휴, 이 멍청이는 사람 구실을 하기는 틀렸어."

교사들도 머리를 내두르며 혹평했다.

그러나 아인슈타인은 뒷날 '특수 상대성 원리', '중력에 관한 이론' 등 질량과 빛의 속도에 관한 이론을 발표하여 온 세상 사람들이 존경해 마지않는 천재 과학자가 되었다.

앨버트 아인슈타인이 가까운 친구들과 함께 프린스턴에서 열린 디너 파티에 참석했을 때, 식사가 후 이야기가 계속 이어져 시간이 늦어졌다.

자정을 넘어 새벽으로 향하고 있을 때였는데, 갑자기 아인슈타인이 자리에서 일어나 아주 미안하게 되었다는 투로 말했다.

"이런 말씀 드려서 미안한데, 그만들 돌아가 주셔야겠습니다. 내일 아침 강의가 있어서요."

그러자 파티를 연 사람이 어안이벙벙한 얼굴로 고개를 갸웃하며 말했다.

"앨버트, 여긴 내 집이에요."


한번은 그의 동료가 거리에서 아인슈타인을 만나자 점심을 먹었느냐고 물었다. 아인슈타인은 이렇게 대답했다.

"내가 지금 어느 쪽으로 가고 있는지 좀 가르쳐 주세요. 집으로 가고 있으면 먹지 않은 것이고 학교 쪽으로 가고 있으면 먹은 거니까요."

—우주 비행사
# 가가린

 1961년 4월 12일, 구 소련의 우주 비행사 가가린은 4.75톤의 보스토크 1호를 타고 89분간 우주를 비행하여 세계 최초의 우주 비행사가 되었다.

 우주 비행사를 선발할 당시 그는 19명의 지원자와 아슬아슬한 경합을 벌였다. 모두가 우주를 향한 열망은 뜨거워서 필사적인 노력을 하고 있었기 때문이다.

 그가 선발된 요인은 사소한 것이었다. 다른 사람들은 모두 신발을 신은 채 우주선에 올랐는데 그만은 신발을 벗고 우주선에 올랐기 때문이다.

 **"이처럼 별것 아닌 것 같은 세심함이 사실은 개인과 조직의 성패를 좌우하니까요."**

 우리는 엄청난 실패 때문에 일을 망치는 경우보다 겨우 2%쯤이 모자라서 일을 그르치는 경우가 많다. 크게 일을 잘 벌이기는 하지만 언제나 마무리가 약하고 그런 사소한 것 때문에 성과를 내지 못하는 경우가 많기 때문이다.

—대만 제일의 갑부, 포모사 회장
# 왕융칭

왕융칭은 비빌 언덕이라고곤 전혀 없는 어려운 집안 형편 때문에 쌀 가게로 사업을 시작했다. 하지만 위치도 안 좋았고, 경쟁도 심했다. 당시는 길에서 도정을 했기 때문에 쌀에 돌이 무척 많이 섞여 있었다.

그는 두 동생을 동원해 이물질을 일일이 골라낸 후 판매했다.

"우리 가게의 쌀에는 돌이 없습니다."

또, 노인들이 주로 쌀을 사러 왔는데 힘이 없어서 쌀 자루를 들고 가지 못하는 손님이 태반이었다.

'음, 운반이 문제야. 그렇다면 내가 직접 가정으로 쌀을 배달해 드려야겠다. 편하게 집에까지 배달해 드리면 어르신들이 더 편해지시겠지.'

좋은 쌀을 편하게 살 수 있으니 그의 가게는 당연히 하루하루 더 손님으로 북적이게 되었다.

그는 배달 과정을 활용해 손님을 파악했다.

'그 집의 쌀독 크기는 어떤지, 식구는 몇 명인지, 식사량이 어느 정도인지, 언제쯤 쌀이 떨어질 것인지….'

그리고 그 때가 되면 미리 알아서 연락을 해서 쌀 배달을 해 주었다. 마치 가족에게 신경을 쓰듯이 고객에게 세심하게 신경을 썼다.

"나는 거시적인 부분에도 관심을 가지지만, 세부적인 관리에 더 심혈을 기울입니다. 세부적인 것을 연구하고 개선하여 2명이 할 일을 1명이 할 수 있으면 생산력이 2배가 늘어나는 셈이고, 한 사람이 2대의 기계를 작동할 수 있다면 생산력이 4배가 되는 것 아니겠습니까?"

사업이 크게 확장된 후에도 그의 세심함은 계속되었다.

—성공학 프로그램 개발자

# 나폴레옹 힐

나폴레옹 힐은 성공학 프로그램 개발자이다. 전세계적으로 2천만 부 이상의 판매고를 올린 나폴레옹 힐은, 성공하기 위해서는 무엇보다도 역경을 소중한 자산으로 생각했다.

"모든 역경은 그에 상응하는 씨앗이거나 더 좋은 이익을 준다."

이런 말은 뛰어난 통찰력을 지닌 사람이 아니면 결코 할 수 없는 말이다.

그가 완성한 PMA 프로그램은 많은 성공자들을 배출하는 데 기여했다.

힐 박사는 단순히 성공학의 원리를 연구하고 프로그램을 개발하는 데 그치지 않았으며, 그 프로그램을 완성해 나가는 동안 자신도 대성공인의 한 사람이 되었던 것이다.

그것이 가능했던 이유는 힐이 처음 앤드류 카네기를 만났을 때부터 시작되었다.

앤드류 카네기는 나폴레옹 힐에게 '20년간 507명의 인물을 인터뷰하고 연구하라'는 유지를 남겼다. 결코 쉽지 않은 프로젝트였다. 시간적인 어려움도 있었다. 하루이틀에 연구가 끝날 일이 아니었다.

이 일을 수행하는 데는 기간도 20년이나 걸리는 것이지만, 그보다는 나폴레옹 힐의 자력으로 해야 한다는 단서가 붙어 있었기에 더 어려운 일이었다. 즉, 세계 최고의 갑부였던 앤드류 카네기가 한푼도 지원하지 않기로 했던 것이다. 오랜 시간과 노력을 소요하는 연구에 지원이 없이는 진행 자체도 힘든 법이다. 그러나 힐은 대수롭지 않게 생각했다.

'그래, 지원이 없어도 나는 해낼 수 있어. 시간이 좀더 걸린다는 것을 빼곤 아무런 문제가 없다.'

실제로 많은 어려움이 있었다. 결국 많은 어려움에도 불구하고 나폴레옹 힐은 앤드류 카네기와의 약속대로 20년 만에 성공학의 결정판을 완성했다.

이것이 오늘날의 PMA 프로그램의 전신이다.

이 프로그램은 나폴레옹 힐 자신에게도 금액으로 따질 수 없는 엄청난 행운을 안겨다 주었다. 여기에 나폴레옹 힐 박사의 성공 비결이 숨겨져 있다.

그가 20년 동안 수많은 사람들을 만나서 그들의 삶을 연구하는 동안에, 그는 자신도 모르게 훌륭한 사람들을 본뜨게 되었던 것이다. 그들의 모범이 되는 삶을 이모저모로 흉내내며 닮아가는 동안 어느 사이에 열매와 성취가 따르고 자신도 성공인의 대열에 서게 되었다.

성공한 사람을 그대로 본뜨는 일은, 성공에 이르는 **가장 빠르고 결정적인 열쇠**가 된다.

나폴레옹 힐은 20년 동안 성공자들의 일거수일투족을 관찰하였고, 그들의 생각, 그들의 말, 그들의 행동 방식으로 하나씩 본뜨게 되었던 것이다.
그 결과 자신도 대성공인의 한 사람이 되었다고 그의 회고록에 기록하고 있다.

힐은 성공한 사람의 특성 17가지를 집약했다.
(1) 긍정적인 사고 방식
(2) 분명한 목표
(3) 봉사하는 마음
(4) 자기 훈련
(5) 자신 있는 태도
(6) 신념의 활용
(7) 낙천적인 마음
(8) 솔선수범

(9) 열심과 인내

(10) 주의력 집중

(11) 협동

(12) 실패를 배우는 마음

(13) 창조적인 환상

(14) 소신과 결단

(15) 시간과 금전의 관리

(16) 건강과 건전한 정신 관리

(17) 국제 정세의 파악과 이용

# 손정의

일본 최고의 부자인 손정의는 어린 시절부터 스스로 목표를 정하여 그 목표를 이루기 위해서 노력하고 인내하는 사람이었다.

고등학교 시절 손정의는 미국에 수학여행을 갔다가 버클리 대학의 자유 분방함에 푹 빠져 버렸다.

일본에 돌아온 그는 아버지를 설득했다.

"아버지, 미국에 가서 공부하고 싶습니다. 더 넓은 세상에서 배워야 세계를 보는 눈이 열릴 테니까요."

그는 곧 미국 유학을 떠나서 버클리 대학에 입학했다. 그는 10대 시절에 이미 50년 인생 계획을 치밀하게 세워 놓았다.

"내 나이 19세 때 나는 내 꿈을 명확히 설계했습니다. 우선 20대에 자신의 분야에서 이름을 얻고, 30대에는 최소한 현금 1천억 엔 정도의 자금을 모아 40대에 정면 승부를 건 뒤 50대에 사업을 완성한다는 것입니다.

그리고 60대에는 후계자에게 경영을 완전히 물려주겠다는 계획을 세웠습니다. 이것이 나의 인생 50개년 계획입니다."

그는 스스로 목표를 세우고 이를 이루는 과정에서 자신의 능력을 꾸준히 발전시켰다.

그의 속도에 대한 집착은 대단했다.

사실 부모들은 손정의가 대학에 진학한 후에 유학 가기를 원했는데 그는 하루라도 빨리 유학해야 남들보다 앞설 수 있다는 생각으로 고집을 부렸던 것이다. 미국에 유학온 그는 단 3주 만에 고등학교 검정고시를 합격했다.

1995년에는 소프트뱅크가 투자한 회사가 8개에 불과했지만 1999년엔 124개가 되었고 2003년에는 800개에 이르렀다. 그가 얼마나 속도에 집착하는지를 알 수 있다.

**"결정한 이후에는 강한 추진력이 필요하다. 처음의 열정을 동일하게 지속하기 위해서다."**

이렇듯 손정의는 무엇인가를 결정하기 전까지는 장시간 심사숙고하는 대신 무엇인가를 결정하고 나면 뒤돌아보지 않고 전속력을 향해 앞으로 달려가는 사람이다.

버클리 대학교에 입학한 후 그는 컴퓨터를 본격적으로 연구하기 시작했다. 그는 컴퓨터 실습실에 들어가서는 하루 종일 컴퓨터에 열중했다. 컴퓨터 옆에 침낭을 준비해서는 숙식까지 컴퓨터 실습실에서 해결했고 컴퓨터에 자신의 모든 열정을 다 쏟아 부었다.

그러던 어느 날 컴퓨터를 이용해 사업 계획을 정리하던 중 한 가지 기막힌 아이디어가 떠올랐는데, 바로 음성 자동 인식 번역 기술이었다. 그가 만든 음성 자동 인식 번역 기술은 나중에 샤프전자 IQ3000에 구현되어 큰 성공을 거두었다.

그는 적을 만들지 않는 사람이다. 사실 그가 일하고 있는 분야를 보면 상생의 정신이 중요한 분야다.

포털 사이트인 야후와 초고속 인터넷 사업인 야후 BB, 그리고 소프트뱅크 모바일을 보면 사회 인프라 구축을 최고 목표로 세우고 일을 진행시키고 있다.

또한 소프트뱅크는 5월 2일을 회사 기념일로 지정해 쉬도록 했다.

"이 날은 회사에 도움을 준 은인들에게 감사하는 마음을 가지는 날이지요."

그는 이렇게 정의했다.

이처럼 그는 성공이 다른 사람을 행복하게 하는 데 있다고 말할 정도로 상생을 중요시 여기는 사람이다.

# 윤석금

윤석금 회장의 생각은 보통 사람과 달랐다.

'남들 잘 때 자고 놀 때 같이 어울려 놀면서 남들보다 나은 성공을 꿈꿀 수는 없다. 남들 노는 명절 때 책 팔러 나서고, 정수기를 파는 대신 빌려 준다. 즉, 남들과 다르게 생각하라!'

사업 시작 30년 만에 교육 출판, 환경 생활, 태양광 소재, 건설, 레저, 식품, 서비스 금융, 지주 회사 등 8개 사업군의 15개 계열사를 거느린 웅진 그룹.

그의 고향은 충남 공주군 유구면이었다. 1945년에 농부의 아들로 태어났는데 아버지는 4대째 한결같이 농사를 짓고 있었다. 아버지는 유구면에 물려받은 논 마지기가 조금 있었지만 9남매를 먹여 살리기에는 늘 생활이 팍팍하고 쪼들렸다.

으레 성공한 사람들이 금과옥조처럼 하는 말이 '한 우물을 파라'는 것이다. 하지만 윤석금은 한 우물을 파지 않았다. 더 큰 꿈을 키웠다. 웅진을 세계적 기업으로 키우겠다는 야망이 있었기에 사업의 다각화를 시도했다.

그는 자신의 자서전 '긍정이 걸작을 만든다'(리더스북)
에서 이렇게 생각을 나누고 있다.

"출판을 주력으로 하는 정신 문화 기업을 지향한다는
생각에는 변함이 없었지만 출판업 하나만으로는 성장
에 한계가 있는 것 또한 부정할 수 없는 현실이기 때문
에 신명을 바쳐 일하고 있는 직원들에게 더 많은 소득
증진과 승진 기회를 주기 위해서는 사업의 다각화가 필
요하다고 생각했다."


윤석금 회장은 자신을 성공인으로 이끌어 준 비결로는
다음의 다섯 가지를 꼽고 있다.

1. 윤리 경영을 하라! : 신입 사원 채용 시 학연·지연
절대 사절

2. 직원 교육에 아낌없이 투자하라! : 팀장급 200시간
의무 교육

3. 남의 말을 귀담아들어라! : 경영 멘토와 정기적 만남

4. 고향 사랑을 실천하라! : 코웨이·식품 공장 짓고 유
구천 살리기 운동

5. 만나는 사람을 신나게 만들어라! : 웅진의 신기(神氣)
문화 확산

—미국의 전 국무장관
# 콜린 파웰

미국의 콜린 파월 전 국무장관은 뉴욕 빈민가 출신의 흑인이다. 그러나 그는 흑인 최초로 미국 합동참모본부 의장이 되었고, 마침내 미국의 국무장관의 자리에까지 오르게 되었다.

그가 17살 되던 해 여름 방학에 그는 음료수 제조 공장에 아르바이트를 갔다. 운이 나쁘게도 일감을 나누어 주는 공장장은 인종 차별이 극심한 사람이었다.

모든 백인들에게는 쉬운 일감을 주고 흑인인 파월에게는 걸레질하는 고된 작업을 할당해 주었다. 그 때에 콜린 파월은 충분히 불평하고 따질 수도 있었다.

'똑같은 학교에서 왔는데 왜 이렇게 차별을 합니까? 내 친구들은 편하게 앉아서 코카콜라를 병에 채우는 일을 하는데 왜 나만 걸레질을 하라고 합니까? 왜 나는 하인처럼 부립니까?'

그런데도 그는 드러내 놓고 불평하지 않았다. 꿈을 이루어 가는 과정이라고 생각하면 현재 겪는 어려움을 넉넉한 마음으로 받아들일 수 있는 여유가 생겼다.

그는 밝은 표정으로 활기차게 일을 해 나갔다. 공장 전

체를 아주 반들거릴 만큼 열심히 걸레질을 해서 티끌과
먼지가 없도록 만들었다.

'공장을 쾌적한 환경이 되도록 만드는 것이 내 임무다.
지금 주어진 일에 최선을 다하자.'

시간이 지날수록 점점 공장 안은 눈에 띄게 말끔해졌다.
방학이 끝나고 아르바이트생들이 돌아갈 때, 감독관이 파
월을 부르더니 말했다.
"파월, 너는 정말 일을 잘 하는구나. 보기 드물게 성실
하고 말이야. 내년에도 또 일하러 오너라."

다음 해 방학 때 파월이 다시 그 곳으로 아르바이트를
가자, 걸레질 대신 콜라를 채우는 기계 앞에 앉게 하더니,
그 다음에는 부감독으로 승진시켜 주었다. 비전과 자부심
이 파월의 마음을 그렇게 크게 넓혀 주었다.
주어진 여건을 힘껏 섬길 때, 흑인이라고 차별 대우를
하는 곳에서도 주목을 받게 되었던 것이다.

—제약업체 화이자의 사장
# 제프 킨들러

제프 킨들러는 우리나라에도 잘 알려져 있는 화이자 약
품의 사장이다.

잭 웰치 제너럴 일렉트릭 전 회장은 제프 킨들러를 가리
켜 위기 관리자라고 불렀으며, 팀원들을 위기 상황에서
똑바로 가도록 이끌어 주는 최고의 리더라고 칭찬하였다.

제프 킨들러는 다른 사람들의 말을 귀 기울여 잘 들어
주는 것으로 유명하다. 잘 듣고 그 사람의 마음을 얻는 데
에 세계적인 사람이라는 정평이 났다.

그가 많은 사람들의 마음을 얻는 데 탁월한 능력을 발휘
하는 비결은 다른 것이 아니고, '남의 말을 잘 들어 주는
습관'이었다.

그는 틈만 나면 고객들과 직원들을 만났다.

"불편한 점은 없으신가요."로 그는 사람들과 대화를 시
작하였다. 그리고 그들의 아이디어와 애로 사항을 듣는
데 많은 노력과 시간을 기울였다.

그는 아침에 집에서 나설 때 왼쪽 주머니에 동전을 10
개를 넣고 나온다고 한다. 그리하여 하루 종일 남의 이야

기를 듣고 이해가 되었다고 생각하면 오른쪽 주머니로 한 개씩 옮겨 놓는데, 열 개가 오른 쪽 주머니에 들어가게 되면 그 날은 100점을 자신에게 준다고 한다.

'소통하지 않으면 진정한 필요를 알 수 없으니까 계속 대화해야 한다.'

이것이 오늘날 화이자를 세계 최대의 제약 회사로 성장시킨 원동력이 된 것이다.

하나님이 우리 인간에게 두 개의 귀와 하나의 입을 준 이유가 있다. 우리는 말하는 2배 이상을 경청해야 한다. 남의 말을 잘 듣는 것이야말로 리더가 절대적인 것으로 지켜야 할 교훈이다.

# 제임스 레이니 교수

제임스 레이니 박사는 미국 에모리 대학교의 켄들러 신학대학 교수로 재직하던 시절, 건강을 위해서 매일 걷거나, 자전거를 타고 출퇴근을 했다.

그런데 그가 걷거나 자전거를 타고 가면 고급 주택지를 지나가게 되는데 거기에 벤치에 노인 한 사람이 늘 앉아 있었다.

'외로운 노인이신가 보다.'

그런데 아무도 그 노인과 대화를 하지 않았다. 그래서 레이니 박사는 출퇴근 때 오고가며 이 노인에게 말을 건네었다. 노인은 사교성이 없어 보였지만 그는 끈기 있게 말을 붙였다.

"어르신, 오늘은 날씨가 참 좋지요? 하늘이 끝없이 높아 보이네요."

"허허, 이런 날씨가 나이 많은 나한테는 적당한 날씨라오."

제임스 레이니 교수는 다정하게 이야기를 나누며 종종 시간을 함께해 주었다.

"어르신, 오늘은 제가 시간이 좀 있으니 댁에까지 모셔다 드릴게요."

그는 그 노인을 모시고 집에 데려다 주기도 하고 정원의 잔디도 깨끗이 깎아 주곤 하였다.

그렇게 세월이 얼마간 흐른 후였다.

언제부터인가 아침에 지나가면서 보니까 노인이 보이지 않았다. 이상해서 댁에 찾아가 보니까, 노인이 세상을 떠난 것이었다.

그는 마음이 아파서 그 노인의 장례식장에 갔다.

2년 동안을 서로 대화를 했는데도 그 노인은 자신의 신분을 가르쳐 주지 않았다.

그런데 그 노인은 코카콜라 회사 회장이었던 것이다. 보통 부자가 아닌데 아마 고집이 세었는지 부인도 없고 자식들도 같이 살지 않고 혼자 외롭게 지냈다.

그런데 이분이 유언장에 레이너 박사에게 다음과 같은 유언을 남긴 것이 아닌가!

"당신은 2년 동안 내 집 앞을 지나면서 나의 말벗이 되어 준 친구였소. 나의 친구 레이니, 고마웠소. 내가 당신에게 25억 달러 코카콜라 주식 5%를 유산으로 드립니다. 받아서 쓰십시오."

25억 달라이면 우리 한국 돈으로 2조 5천만 원이 넘는다. 제임스 레이니 교수는 그 돈을 자기가 쓰지 않고 대학에 기부하여 노인의 유산을 값지게 사용했다.

그로 말미암아 에모리 대학교는 급성장하며 남부의 유명한 대학이 되었고, 에모리 대학교는 16년간 이 레이니 박사를 총장으로 모셨다.

—여의도 순복음 교회 원로 목사
# 조용기 목사

소년 조용기는 어려운 가정 환경 속에서도 늘 마음 속에 큰 꿈을 가졌다. 그는 자기의 폐병을 고쳐 주신 예수께 대한 확고한 믿음이 있었다.

23살 때 전도사가 되어 개척 교회를 시작했다. 그에게는 하나님을 의지하는 믿음이 있었기에 비장한 목표와 결심이 있었다. 소원과 목표가 뚜렷하고 꿈이 분명하고 확실한 믿음을 가지고 있었던 것이다.

'나는 세계 역사에 남는 교회를 세우겠다. 그리고 빌리 그레이엄 목사님과 같이 온 천하만국에 다니면서 복음을 전하겠다.'

그러나 몸이 병약해서 큰 짐이었다. 폐병에서 구사일생으로 살아난 이후에 늘 몸이 약했다. 심장이 약해서 한번 심장이 강하게 뛰기 시작하면 3, 4시간은 온몸이 나른해서 일어나지 못했다.

그것뿐만이 아니라 출혈성 치질과 빈혈로 고생했다.

화장실에 가면 화장실이 완전히 피바다였지만, 돈이 없

어서 변변한 치료를 할 수 없었다.

서대문 교회 시절에 극도의 어지럼증으로 한번은 설교하다가 쓰러져서 혼수 상태가 되어서 병원에는 못 가고 사무실에 들어가서 몇 시간 혼수 상태로 있다가 깨어난 다음, 유언을 쓰라고 해서 유언장을 써서 주머니에 넣고 다녔다.

거기에다가 천막 교회의 뼈저린 가난으로 의지할 곳도 없어 5시간씩 기도했다. 그러나 기도를 포기하지 않았다.

"살든지 죽든지, 흥하든지 망하든지, 성하든지 쇠하든지 저는 이 길을 따라갑니다."

세계 최대의 교회, 여의도 교회를 늘 마음 속에 꿈꾸었다. 그리고 가방을 들고 온 천하를 다니며 능력 있게 복음을 전하는 자신의 모습을 바라보며 주님께 기도했다. 그리고 그 꿈이 다 이루어지는 것을 체험할 수 있었다.

'아무리 힘들고 고통스럽고 괴로울지라도, 자신 속에 뚜렷한 목표가 있고 꿈과 믿음이 있는 이상 하나님은 항상 역경을 이겨 나갈 수 있는 힘을 주시는구나! 하나님은 언제나 믿는 자의 기도를 들으시고, 그 마음의 소원을 이루어 주는 분이시구나!'

이것을 확신하게 되었다.

결국 조용기 목사는 여의도 순복음 교회를 세계 최대 교회로 성장시켰다.

—세계 최고령 마라톤 완주자
# 파우자 싱

　파우자 싱 노인은 할머니가 돌아가신 후, 늘 할머니 사진을 보고 지난날을 회상하며 우울한 나날을 보냈다.

　우리가 세상에 살면 서로 정이 있든 서로 미워하든 한 번은 헤어져야 되는 것이다. 정이 들어서 함께하던 파트너가 죽고 나면 참으로 보고 싶은 것이다.

　'살아 있을 때 좀더 다정하게 대해 줄걸.'

　한없이 애틋하고 아쉬운 마음이 들었다.

　어느 날, 그 날도 파우자 싱 노인이 공원 벤치에 앉아서 할머니 생각으로 눈물을 흘리고 있었는데, 그 벤치 앞으로 젊은이들이 마라톤을 하는 것이었다. 그 모습이 너무나 힘차 보였다. 생명의 활기가 느껴져서 부러웠다.

　"젊음이란 정말 좋구나. 얼마나 아름다운고! 내게도 저런 시절이 있었지."

　그렇게 집에 들어가서 잠자리에 들어갔는데 갑자기 마음 속에 이런 생각이 드는 것이었다.

　'나도 달릴 거야. 나라고 못 달릴 것이 뭐냐. 나도 달려 보자.'

　그래서 다음 날부터 파우자 싱 노인은 지난날을 회상하

기보다는 공원 벤치에 앉아 있지 않고 공원에서 자기도 달리기 시작했다.

'나도 마라토너가 되는 거야. 나이는 숫자에 불과하다는 말도 있지 않아?'

그런 생각을 하며 미래를 향해서 뛰기 시작했다.

처음에는 다리가 후들후들 떨리고 숨이 가빠왔지만, 인생의 마지막을 과거만 회상하며 허무하고 무의미하게 보내고 싶지 않아서 마음에 결심을 다지고 달리기 시작한 것이다.

몇 달 후, 그가 런던 마라톤에 출전하겠다고 말하자, 주변에선 모두 코웃음을 치고 고개를 흔들었다.

하지만 그는 런던 마라톤 대회에 출전했다. 그 때 파우자 싱 노인의 나이는 89살이었다. 중간에 포기할 것으로 생각했지만, 그는 예상을 깨고 42킬로미터가 넘는 마라톤 풀코스를 6시간 45분 만에 완주하는 기록을 세웠다.

그리고 2003년 92세의 나이에 또다시 캐나다 토론토 마라톤 대회에 출전하여 이전 기록보다 1시간이나 앞당긴 5시간 40분 만에 완주하는 신기록을 세웠다.

그는 세계 최고령 마라톤 완주자로 기록됐을 뿐만 아니라, '불가능이란 없다'는 아디다스의 광고 모델로 발탁되어 돈도 많이 벌게 되었다.

—미국의 초대 대통령
# 조지 워싱턴

미국의 초대 대통령인 조지 워싱턴의 어머니가 생일을
맞게 되자 사방에서 축하객들이 많이 몰려왔다.

모두가 축하의 인사를 건네는데, 그 중 한 손님이 대통
령 어머니에게 물었다.

"생신을 축하드립니다. 그런데 어머니는 아들을 어떻게
키우셨기에 그토록 위대한 인물이 되게 하셨습니까?"

"네, 저는 아들에게 하나님께 절대 복종하도록 가르친
것뿐입니다."

조지 워싱턴의 어머니는 이렇게 대답했다. 그녀는 늘 이
말을 강조하며 아들을 키웠다.

"오직 하나님을 잘 섬겨라, 하나님을 경외하는 사람이
되어라. 하나님을 두려워하는 사람이 되어라."

조지 워싱턴의 비서관이었던 로버트 루이스 씨는, 기자
들에게 "비서로서 가장 힘든 일이 무엇이냐?"는 질문을
받았을 때 이렇게 대답했다.

"대통령과 같이 기도하려고 노력해도 도저히 따라갈 수 없었던 일이 가장 힘들었습니다."

그만큼 그는 기도의 사람이었다고 한다.

조지 워싱턴 대통령은 미국 초대 대통령으로 미국의 기초를 닦은 대통령인데 비서가 기도를 도저히 따라갈 수 없었다는 것이다.

조지 워싱턴은 새벽 4시가 되면 정확하게 일어나서 성경을 읽고 그 자리에서 무릎을 꿇고 기도했다. 늘 말씀과 기도로 모든 것을 하나님께 맡기고 살았다.

'나는 부족한 사람인데 나라를 잘 이끌려면 내 힘만으로는 도저히 불가능하다. 그래서 목숨 걸고 기도하지 않으면 안 된다.'

그렇게 했기 때문에 그는 오늘날 미국의 가장 존경받는 인물 중 한 사람이 될 수 있었다.

—신문왕이 된 언론인

# 퓰리처

퓰리처는 도전 정신이 아주 강한 사람이었다. 훌륭한 군인이 꿈이었지만 몸이 약해 군대에서 받아 주지 않았다.

퓰리처는 포기하지 않았다. 마침내 미국에서 군인이 될 수 있었는데 몸이 약해 오래 버틸 수가 없었고, 다시 신문사의 일자리를 얻었다.

그는 기자가 되어 열심히 일했다. 그러나 풋내기라고 무시당하기 일쑤였다. 하지만 퓰리처는 온종일 취재 현장을 뒤지며 사람들에게 질문을 쏟아부었다.

정치인들이 중요한 회의를 할 때에도 꽉 잠긴 문을 부수고 들어가 당당히 취재 수첩을 펼쳤다.

어느 날, 선거 후보를 뽑는 회의에 취재를 갔다가 장난삼아 퓰리처가 추천받게 되면서 정치에 도전하게 되었다. 국회의원으로 뽑히면서 힘 있는 사람들과 기업 사이의 뒷거래를 알게 되었다.

퓰리처는 이 일을 샅샅이 파헤쳐 기사로 냈다. 거센 비난과 위협에 시달려야 했지만 뜻을 굽히지 않고, 쓰고 싶은 기사를 마음껏 쓰기 위해 신문사를 직접 만들기로 마음먹었다.

사람들은 퓰리처의 용기 있는 행동에 감탄했다. 퓰리처는 신문사를 뉴욕으로 옮겨서 더 큰 세상에 도전했다.

사람들은 퓰리처의 도전을 비웃었지만 퓰리처에게는 힘 있고 돈 있는 사람 대신 수많은 독자가 생겼다.

퓰리처는 신문을 만화, 스포츠 소식, 시평을 실어 새롭게 만들었다. 바로 우리가 보는 신문 모양이다.

'도전하는 데 무슨 두려움이 있겠는가!'

두려움 없이 도전했던 퓰리처는 나날이 쇠약해져서 눈까지 멀었지만 기자를 키우는 학교를 세우기로 했다.

그렇게 퓰리처는 세계에서 처음으로 언론 대학원을 만들었다. 평생 도전을 멈추지 않았던 퓰리처! 그의 도전 정신은 '퓰리처 정신'이라고 불리며 더욱 빛나고 있다.

# 루스벨트

루스벨트는 강인한 정신력을 가진 사람으로 유명하다.

그는 뉴욕의 상류 가정에서 태어나서 대단히 유복한 환경에서 자랐지만 몸이 병약했다.

어린 시절에는, 심한 천식으로 고생했고 시력도 지독한 근시였으며 성인이 된 후의 모습과는 달리 말라깽이였다고 한다.

또한 요양을 갔다가 그 동네의 힘센 아이들에게 몰매를 맞기도 했다.

12세가 되자 아버지가 그에게 충고를 해 주었다.

"너는 정신력은 강한데 몸이 약하다. 그런데 몸이 약하면 정신도 제 능력을 다 발휘하지 못하니까 앞으로 체력 단련에 힘쓰거라."

그리하여 그 후 루스벨트는 매일매일 몸을 단련하여 건강해질 수 있었다.

허약한 몸을 극복한 그는 하버드 대학교에 들어가서 최고 성적으로 졸업했고, 공화당에 입당해서 24세에 뉴욕 주의원으로 정계에 입문하여 승승장구했다.

그러나 1884년, 그의 아내와 어머니를 2월 14일에 같은 집에서 한꺼번에 잃는 불행을 겪었는데 이에 충격을 받아, 아내가 낳은 딸을 여동생에게 맡기고 서부의 다코타로 가서 3년 남짓 카우보이 생활을 하면서 지냈다.

재혼 후 뉴욕 시장에 출마했다가 낙방하고 잡지 기사와 책을 저술하는 데에 전념했다.

그는 미국 역대 대통령 중 제일 많은 책을 저술한 인물로, 그가 저술한 책은 무려 38권에 이른다.

이후 1888년에는 해리슨 대통령에 의해서 미국 시민봉사위원회에 임명되었고, 7년 뒤에 뉴욕 경찰국장이 되어 다시 뉴욕에 돌아왔으며 1897년에 해군 차관이 되었다.

자연 보호에도 힘써서 많은 국립공원을 만들었고 2억 에이커 이상의 지역에서 산림 개발을 금지했다.

여러 모로 국내외적으로 많은 업적을 남겨서 20세기 초기 미국의 국력을 신장시킨 대통령으로서 그 업적을 인정받았고 인기도 많아서 대통령도 두 번 역임했다.

또한, 경기 침체기인 1907년에도 과감하게 정책을 밀어붙여 어려움을 극복해 냈다.

1921년 여름, 그는 바닷가에서 가족과 함께 여름 휴가를 즐기고 있었다. 그러던 중 바다 건너편 섬에 불이 난 걸 발견하고는 서둘러 배를 몰고 가서 아이들과 함께 불을 끄기 시작했다.

다행히 불길은 잡혔고, 그들은 안도의 한숨을 내쉬며 다시 바다에 들어가 즐거운 한때를 보냈다. 그런데 그 날 저녁에 그의 양쪽 다리에 무언가로 찌르는 듯한 통증이 오더니 이내 온몸으로 퍼지는 것이었다.

아내가 뻣뻣하게 굳어진 다리를 한참 동안 주물렀지만 통증이 가시지 않자 그는 결국 의사를 찾아갔다. 의사는 그에게 '척수회백질염'이라는 판정을 내렸다.

흔히 말하는 소아마비였다. 하늘이 무너지는 것 같은 절망이 그를 휘감았다.

그 때부터 그는 보호대와 목발에 의지해 걸을 수밖에 없었다.

미국의 촉망받는 정치인으로서 한창 주가를 올리고 있던 루스벨트였지만, 장애는 그의 삶을 끝없는 터널 속으로 밀어넣었다.

"흥, 그는 이제 정치 생명이 끝난 거야!"

사람들은 그의 뒤에서 수군거리고 가까운 사람들마저 냉정하게 대했다. 그의 귀에 들리는 소리는 온통 부정적인 말뿐이었다. 절망에 빠진 루스벨트는 몇 번이나 죽음을 생각했지만 그러기에는 여태까지의 삶이 억울하고 또 살아야 할 이유가 있다고 믿었다.

그는 일부러라도 웃는 모습을 보였고 매일매일 걷는 연

습과 운동 또한 게을리하지 않았다.

"오늘은 꼭 저 나무가 있는 곳까지 걸어가는 거야! 할 수 있어!"

마침내 그는 다시 정치를 시작할 수 있었고 후에 뉴욕 주지사 후보까지 올랐다. 그러나 그 앞에는 또 혹독한 시련이 기다리고 있었다.

"소아마비 주제에 무슨 주지사를 하겠다고…. 절룩거리는 미국을 만들겠다는 거야, 뭐야?"

귓전에 비아냥거리는 소리가 들렸지만 그럴 때마다 그는 더욱 더 열심히 뉴욕의 구석수석을 돌아다니며 선거 운동을 벌였다.

결과는 그의 승리였으며, 여론은 그제야 그를 다시 주목했고, 힘과 용기를 주는 편지를 보내왔다.

국민을 위해서 더 큰 삶을 살고자 했던 그는 훗날 미국의 32대 대통령이 되었다.

사람들은 그를 이렇게 기억한다. 장애를 장애로 보지 않고 그 누구보다 당당하게 꿈을 이루어 낸 사람, 그는 바로 프랭클린 루스벨트이다.

—미국 최초의 흑인 대통령
# 오바마

오바마는 흑인으로서 미국 최초의 대통령이 된 사람이다. 그는 부모의 이혼과 불우한 청소년기를 보냈다. 갈등도 많았지만 곧 스스로 극복해낼 수 있었다.

오바마는 명문 하버드대 로스쿨을 졸업했지만 전형적인 엘리트 코스를 거부했다. 그저 시민 운동가로서, 지역 인권 변호사로 활동하면서 서민들 곁에서 자신만의 정치 철학을 만들었다.

이 진실한 삶의 과정은 그의 인생 철학이 되었으며, 미국인들을 감동하게 만든 명연설을 탄생시킨 밑바탕이 되어 주었다.

오바마는 명연설가이다. 그는 최고 엘리트 코스를 밟았지만 연설만큼은 단순 명쾌하다. 무엇보다 쉬운 문구를 자주 반복함으로써 청중의 집중도를 높인다.

'쉽게 이해시킬 수 없다면 효과를 낼 수 없다.'

쉬운 문구의 반복은 청중의 인지 능력을 향상시키는 동시에 감정을 극도로 끌어올리는 역할을 했다. 단순하고 반복적인 문장이 청중에겐 공감 지수를 높이는 쉼표가 되는 것이다.

오바마는 연설문에 일화를 자주 넣는 것을 좋아한다. 그가 연설문에 자기의 불행했던 유년 시절이나 부모 이야기를 자주 삽입하는 이유도 여기에 있다. 평범한 일화는 사람들에게 그가 자신들과 똑같은 사람이며 자신들의 고통을 누구보다 잘 안다고 생각하게 한다.

흑인과 백인의 피를 절반씩 나눠 받은 그는 누구보다 다문화를 이해할 수 있는 사람이기 때문에, 그의 연설은 약자들과 충분히 교감할 수 있는 토대가 되어 주었다.

'저 사람은 우리 흑인의 마음을 아는구나.'

'저 사람은 이혼 가정의 슬픔을 아는구나.'

이런 공감대가 느껴지면서 친밀감이 형성되는 것이다.

그래서 미국인들은 그가 말하는 내용이 모두 사실이며 진실하다고 생각하는 것이다.


오바마의 연설에는 언제나 '희망'이 담겨 있다. '변화'와 '희망'이란 단어를 자주 사용한다. 21세기 미국인들이 바라는 욕구를 간파해 반복적으로 사용함으로써 그들에게 자신도 모르게 희망을 심어 주었다.

─던킨 도너츠의 창업주
# 로젠버그

로젠버그는 1912년에 보스턴의 한 가난한 집에서 태어났다.

그는 어려운 집안 형편 때문에 교육도 제대로 받을 수가 없었다. 그러나 소년 로젠버그는 '비록 내가 가난하고 공부도 못했지만 하나님을 먼저 섬기며 살겠다.'고 결심하고 철저히 하나님 중심의 삶을 살았다.

비록 얼마 되지 않는 작은 돈이었지만 수입이 생기면 꼬박꼬박 십일조를 내고 철저히 성수 주일 했다.

그러자 하나님께서 그에게 능력을 부어 주셔서 10대에 이미 사업가로서의 자질을 드러내기 시작했다.

그는 모든 시간을 다 활용했다. 여름에는 얼음을 팔아서 돈을 벌고, 공장이나 건설 노동자에게는 커피와 샌드위치를 팔아서 제법 돈을 모은 후 30세에는 점심을 배달해 주는 '모빌 런치 서비스'라는 회사를 세워서 성공했다.

후에는 잘 알려져 있는 '던킨 도너츠'라는 세계적인 회사를 설립했다. 바로 이 소년이 던킨 도너츠의 창업주인 로젠버그이다.

현재 로젠버그는 던킨 도너츠를 세워서 미국에만 1,700

개의 지점이 있고 세계의 100개 나라에 지점을 가지고 있다. 그는 72세를 맞이하는 생일 축하 자리에서 기자가 물으니까 이렇게 대답했다.

"저는 가난하고 못 배웠어요. 초등학교도 나오지 못하고 별로 좋지 않은 환경에서 자랐습니다. 그러나 하나님께서 늘 제 짐을 맡아 주셨습니다. 제가 성공한 것은 제가 잘나서 된 것이 아니라 하나님이 나와 같이 계셔서 하나님이 은혜를 주셨기 때문에 하나님의 은혜로 제가 성공을 했습니다.
저의 삶의 목표는 하나님을 섬기고 믿는 것이었는데 하나님은 내게 이런 복을 주셨습니다. 지식이 성공시키는 것이 아니라 삶의 태도가 우리를 성공시킨다는 것을 알아야 합니다."

로젠버그가 가진 것은 오직 하나님을 믿는 신앙뿐이었다. 믿고 순종하자 가정 형편이 좋지 못해도 하나님은 세계적인 기업가로 만들어 주신 것이다.

—미국의 실업가, 맨소래담 기술 개발자
# 하이드

　기독교 국가인 미국에서 성공한 사람들 중에는 철저한 신앙이 바탕이 된 인물이 많다. 실업가인 하이드 역시 수입의 10분의 9를 하나님께 드린 사람으로 유명하다.

　그는 한때 파산하여 1만 달러의 빚을 지고, 아홉 자녀의 생계를 걱정했던 사람이었다.

　'아, 어떻게 살아가지?'

　그럼에도 불구하고 그는 빌려 온 돈에도 철저하게 십일조를 했다. 사람들은 그를 조롱하고 비웃었다.

　"남의 돈을 빌려서 살면서 왜 십일조를 하지?"

　"그럴 돈이 있으면 먼저 빚부터 갚고 나서 해야 하는 것이 옳지 않을까?"

　그는 이렇게 대답했다.

　"사람에게 빚진 것도 무서운데, 내가 하나님께 빚지고는 머리를 들고 하나님을 쳐다볼 수 없게 되니까 더 무섭지 않겠어요?"

　그래서 그는 어떤 일에도 십일조는 도둑질하지 않았고 하나님께 엎드려 축복을 달라고 기도한 것이다.

그런데 하나님이 그에게 복을 주셨다. 맨소래담을 만들 수 있는 기술을 개발하게 하셔서 세계적인 기업을 일으켜 세계적인 비즈니스맨이 되었다.

그 다음에 점점 축복을 받아서 십 분의 구를 하나님께 드리고 십분의 일만 가지고도 회사를 경영하고 자기 가족들이 먹고 살 수가 있었던 것이다.

# 슈바이처

　자신의 모든 성공을 버리고 아프리카로 간 성자 슈바이처가 아프리카에서 봉사하고 있을 때, 누가 이렇게 질문을 했다.

　"당신 같은 뛰어난 사람이 왜 여기서 생명을 바쳐 일합니까? 그 지식과 재능이 아깝지 않습니까? 얼마나 멋지게 살 수 있는 인생인데 아프리카에서 이렇게 삽니까?"

　그의 눈에 보이는 슈바이처 박사의 삶이 몹시 안타까웠던 모양이다.

　슈바이처는 미소 지으며 이렇게 대답했다.

　"저는 말로 사람을 감동시킬 만한 재주가 없습니다. 사랑을 아무리 제 말로 설명을 해도 설명할 도리가 없습니다. 그래서 행동으로 사랑을 실천하려고 이 곳에 온 것입니다. 저는 사랑을 실천하면서 건강과 행복도 선물로 받았습니다."

　실로 슈바이처는 91세까지 사랑을 실천하다가 1965년, 아프리카 가봉 땅의 한 병원 묘지에 묻혔다.

　이와 같이 알버트 슈바이처 박사는 아프리카를 위해 일

생을 내어주었다.

"제가 행복한 삶이었습니다. 어디서 이런 행복한 삶을
누릴 수 있겠습니까?"

사람들이 보기에 슈바이처는 굉장히 고통스럽고 희생
적인 삶을 산 것 같지만 그는 행복하고 기쁘고 만족스러
운 삶을 살았다고 고백하였다.

—과학자, 원자력 전문가
# 정근모 박사

정근모는 어린 시절부터 늘 '1등 인생'이었다. 그래서 마음에 절박한 소원이나 애통함이 없었다.

그는 경기중고등학교를 수석으로 입학한 후에 경기고등학교 시절에는 4개월 만에 월반하여 서울대학교에 차석으로 입학한 천재였다.

24살에 우리나라 유학생으로는 제일 먼저 어린 나이에 미국 플로리다 대학교에서 박사 학위를 받았다. 너무 이른 나이에 교수가 되어서 '꼬마 교수'라는 애칭까지 얻었다. 미국 시민권을 얻고 미국의 과학계에 두각을 나타내는 놀라운 원자 전문 학자였던 것이다.

승승장구하며 나아가던 어느 날, 갑자기 그의 아들이 신부전증으로 투병 생활을 하게 되었다. 지금까지 1등 인생이었던 그에게 큰 고통이 찾아왔던 것이다.

'아, 고통당하는 우리 아들의 모습을 정말 못 보겠구나. 어떻게 해야 아들의 고통을 조금이라도 더 덜어 줄 수 있을까?'

이 세상에 부모에게 가장 괴로움은 자식이 고통당하는 것이다. 자식이 신장이 망가져서 신부전증이 되어서 죽어

가는데 이 세상 1등 인생은 아무 소용이 없었다.

'그래, 아들에게 내 신장을 이식해 줘야겠다.'

그는 아들에게 자기 신장을 이식해 주는 과정에서 사랑의 하나님을 만나게 되었다.

"정말 감사한 일입니다. 만약 아들의 질병으로 인한 가슴 찢어지는 애통함이 없었더라면 제가 하나님 앞으로 나오는 일은 없었을 것입니다."

그는 이렇게 고백하였다.

정근모 박사는 구원을 받고 난 다음 조국과 민족을 위해서 일해야 되겠다고 결심했다. 미국 시민권을 포기하고 한국으로 나와서 과학처 장관을 역임하는 등 여러 부서에서 일하였다.

―일본의 기업가
# 마스다 미쓰히로

마스다 미쓰히로는 누구나 하찮게 생각하는 청소 하나로 인생을 바꾼 사람이다.

그는 회사에서 퇴출되고 개인 파산으로 이혼하는 등 인생의 절망과 어둠의 터널에서 허우적대며 쓰레기더미에서 쓰레기 같은 인생을 살았다.

온종일 방에만 틀어박혀서 술 마시고 담배 피우고 마약 중독이 되었을 뿐만 아니라, 목욕도 안 하고 청소도 안 하여 모습은 거지 꼴에다 집 안은 완전히 쓰레기더미가 되었다.

그러던 어느 날 그의 친구가 찾아와서 그의 모습을 보고서 소리쳤다.

"마스다, 이렇게 사는 것은 인생에 큰 죄를 짓는 거야! 이 꼴이 뭔가? 우선 청소부터 하자!"

친구는 창문을 열어젖히고 방 안의 물건들을 모조리 집 바깥으로 던졌다.

비싼 것 싼 것 오래 된 것 새로운 것 가리지 않고 무조건 다 던져 버리는 것이었다.

"어, 그건 안 돼! 내가 첫 월급 타서 산 거야!"

그러나 친구는 막무가내로 집 안의 잡동사니는 물론 비싼 것 아까운 것을 가리지 않고 집 밖 쓰레기통에 다 내다 버렸다. 그리고 집 안 구석구석 윤이 번쩍번쩍 나게 닦고 돌아갔다.

친구가 돌아가고 난 다음 번쩍번쩍하고 깨끗한 환경에 앉아 있는 자기를 보자 자기 마음 속에 생각이 달라지기 시작했다.

**'그래, 과거에 집착하지 말자! 지금부터 할 수 있는 것부터 새롭게 시작해 보자!'**

환경이 깨끗해지니까 생각도 깨끗한 생각이 들어오기 시작했던 것이다.

그는 자신의 이러한 체험을 다른 사람에게도 알려 주고 싶어서 청소 회사에서 아르바이트 일을 시작했다.

그리고 동네 신문과 인터넷에 자신의 경험을 글로 써서 부지런히 올렸다.

6개월 뒤, 놀랍게도 청소 회사에서 그를 제2인자로 스카우트를 했다.

'저렇게 열심히 일하는 사람이 있다니!'

진취적이고 활동적인 그는 사람들 속에서도 단연 돋보

이는 존재가 되는 데에 많은 시간이 필요하지 않았다.

　그 후 얼마 있지 않아서 청소 회사 사장이 되었다.

　그리고 그가 지은 책은 '청소력'이란 새로운 단어를 만들어 내었다.

　그리고 《꿈을 이루어 주는 청소력》, 《걸레 한 장으로 인생을 바꾸는 실전, 청소력》 등 베스트셀러를 만들어 일명 유명 인사가 되어 책만 팔아가지고도 큰 부자가 되었다.

—애경 그룹 회장
# 장영신

장영신 회장은 작은 비누 회사에 불과했던 애경을 20여 개의 계열사를 가진 대기업으로 키워낸 여장부이다.

장영신 회장은 힘들 때마다 외우는 주문이 있다.

**"힘내! 포기하지 마!"**

기업을 경영해 오면서 너무 힘들어 포기하고 싶을 때마다 이 주문을 외우며 자신을 다독였다는 것이다.

그녀의 인생은 파란만장했다. 3남 1녀 중 막내아들을 낳은 지 3일 만에 당시 애경 창업자였던 남편을 잃었다.

흔들리는 회사를 그냥 둘 수 없어 경영 일선에 뛰어들었지만, 여성이라는 이유만으로 남성 임직원들한테 인정받기까지 험난한 시련을 겪어야만 했다.

경영은 물론 아이 넷을 키워 가면서 밤에는 학원을 다니며 홀로 외로운 싸움을 헤쳐 나갔다.

시련이 닥칠 때마다 장 회장을 일으켜 세운 것은 긍정적인 생각과 끈기였다.

'노력하면 잘 될 거야. 길이 막히면 다른 길이 나타날 거야. 절대로 포기란 없어.'

그녀는 '긍정적인 생각으로 꾸준히 노력하면 어떤 어려운 목표도 이룰 수 있다.' 는 믿음을 경험으로 확인할 수 있었다.

70년대 초, 여사장 밑에서는 일을 못하겠다며 회사를 그만두려는 남자 임직원들을 다독이며 회사를 이끌어 나갔다. 아이 넷을 키우면서도 밤에 부기 학원을 다녀가며 외로운 싸움을 해 나가야 했던 때도 있었다.

"이렇게 힘들 줄 알았으면 회사를 맡지 않았을 것입니다."

그녀의 지난날에 대한 고백을 통해 그 힘들었던 상황이 충분히 짐작되고도 남는다.

"여성 경영인은 여장부로서의 모습과 여성성을 살린 리더십을 함께 보여 주어야 합니다. 이것이 중요합니다. 성공 이전에 삶의 가치를 우선 순위에 두고 목표를 설정해야 합니다. 성공보다도 중요한 소중한 가치를 잃어버리면 성공은 아무런 의미가 없습니다. 의미 없는 성공은 허무할 뿐일 테니까요."

그녀는 후배 기업인들에게 기회가 될 때마다 가슴에서

우러나오는 조언을 아끼지 않았다.

"성공한 사람들의 공통점은 남보다 강하거나 남보다 잘
난 사람이어서가 아니라, 그 길이 아니면 안 된다고 믿
고 묵묵히 노력했기 때문이다.
힘든 상황에서도 끝까지 포기하지 않고 긍정적인 생각
으로 꾸준히 노력하면, 그 어떤 어려운 목표도 이루어
낼 수 있다는 믿음을 경험으로 확인했다."

장영신 회장은 현재 애경 그룹 회장과 애경 복지재단 이
사장을 맡고 있다.
장 회장은, '나를 여기까지 이끈 힘은 죽을 만큼 힘든
순간에도 결코 포기하지 않은 미련한 인내심'이었다고 말
했다.
2009년에는 모교인 체스넛 힐 대학 총동창회가 수여
하는 '2009년에 눈부신 업적을 남긴 졸업자 상'을 받는
영예를 안기도 했다.

—기네스북에 오른 최연소 보험 세일즈맨

# 폴 마이어

폴 마이어는 미국 보험 세일즈 왕으로 불린다. 그는 자신의 성공 비결을 긍정적인 마인드로 꼽고 있다.

'내가 하려고 하는데 할 수 없는 일이란 없다!'

그는 말을 더듬었지만 늘 자신감에 차 있었고 낙천적인 여유가 있었다.

회사에 영업 사원으로 입사한 지 2년 만에 400만 달러를 계약했고, 하루에 최고 150만 달러 계약이라는 대기록을 세웠다.

그리고 놀랍게도 27세의 젊은 나이에 세계 최연소 백만장자로 기네스북에 등록될 수 있었다.

현재 그는 교육, 컴퓨터, 금융, 부동산, 항공 등 40여 개가 넘는 회사를 운영하고 있다. 저작물과 기록물만으로도 연간 20억 달러가 넘는 수익을 벌어들이는 그야말로 입지전적인 존재이다.

그러나 처음부터 그의 성공이 순탄한 길을 걸었던 것은

아니다.

보험 영업을 시작할 때까지 무려 50여 차례가 넘는 면접에서 떨어졌다. 떨어지고 또 떨어졌다. 간신히 합격한 회사에서도 말을 더듬는다는 이유 때문에 고객을 답답하게 하는 사람을 직원으로 쓸 수 없다고 해서 3주 만에 쫓겨나고 말았다.

폴 마이어는 해고를 통보하는 상사에게 이렇게 말했다. "당신은 지금 세계 최고의 세일즈맨을 쫓아내고 있어요. 나는 반드시 세일즈맨으로 성공해서 돌아올 거요."

"흥! 그럴 수 있을까?"

폴 마이어는 다른 보험 회사를 찾아다녔고 마침내 일자리를 얻을 수 있었다.

보험 세일즈를 시작한 후 그는 새로운 영업 방식을 생각해 냈다. 그것은 길거리에 앉아 있다가 고급 승용차가 지나가면 차량 번호를 적고 그 주소를 알아내어 직접 방문하는 것이었다.

예상했던 대로 차량의 소유자들은 모두 부자거나 사장들이었으며 폴 마이어는 그들을 자신의 고객으로 만들어 나갔다.

그러던 어느 날, 유독 한 명의 사장만이 바쁘다는 핑계를 대며 폴 마이어를 만나 주지 않았다.

몇 번에 걸친 시도가 실패로 돌아가자 폴 마이어는 편지 한 통을 상자 속에 넣고 예쁘게 포장한 후 비서에게 전달을 부탁했다. 호기심을 느낀 사장이 상자 속을 열어 보니 다음과 같이 적혀 있었다.

"사장님, 저는 날마다 하늘에 계신 하나님도 만나는데 왜 사장님은 한 번도 만날 수 없나요? 사장님이 하나님 보다 높다는 말씀인가요?"

편지의 내용에 감명을 받은 사장은 폴 마이어를 만나 큰 금액의 계약을 체결해 주었고, 자신이 알고 있는 많은 사람들을 그에게 소개시켜 주었다.

"여러분, 이 배짱 두둑한 젊은 청년이 폴 마이어입니다. 잘 기억해 주세요."

이 일을 계기로 폴 마이어는 순조롭게 성공 가도를 달려갈 수 있었다.

만약 폴 마이어가 그 사장을 만나려는 노력을 포기했다면 성공은 훨씬 늦게 찾아왔거나 또는 전혀 성공에 전혀 도달하지 못했을지도 모르는 일이었다.

세상에 만나지 못할 사람은 없다.
두드리면 반드시 문은 열리는 법이다.

# 밥 피어스

밥 피어스는 자기의 사명을 깨닫고 즉시 헌신을 결단한 놀라운 사람이다. 월드비전은 밥 피어스의 결단으로 탄생되었다.

오늘날 전 세계 100여 개국 가운데 약 1억 명의 이웃을 돕는 월드비전은 한 사람, 밥 피어스의 기도로부터 시작되었던 것이다.

그는 오늘날 무려 1억 명을 도와 주고 있다.

원래 사업가였던 밥 피어스는 사업차 가난한 나라로 출장 갔다가 어린이들이 줄을 서서 밥을 타 먹는 장면을 보게 되었다.

줄을 선 어린 아이들의 길이가 1킬로미터가 되는데, 밥 그릇을 들고 기다리다가 지쳐서 픽픽 쓰러지는 것을 보았다. 일으켜 주려고 뛰어갔는데 영양실조로 이미 죽어 있었다.

'이, 이렇게 가엾을 수가…'

그는 너무 가슴이 아파서 기도하다가 사명을 깨달았다.

'이 불쌍한 어린이들에게 먹을 것을 주는 것이 내 사명이다. 내가 사업차 나왔지만, 내 사명은 어린 아이들에

게 밥을 먹이는 것이다.'

그는 미국으로 돌아가서 즉시 일을 시작하였다.
"당장 아이들을 먹일 식량이 필요합니다. 적은 돈이라
도 모아야 합니다. 모두들 참여해 주세요. 우리가 오늘
가만히 있는다면 아이들은 더 많이 생명의 끈을 놓게 될
것입니다."

그는 아이들의 식량을 마련하기 위한 기금을 모으기 시
작했고, 마침내 이 일을 전문적으로 할 수 있는 목사가 되
었다.
이것이 월드비전의 첫걸음이었다.
현재 밥 피어스 목사는 월드비전을 통해 1억 명의 어린
아이들에게 밥을 먹이고 있다.

—SYK 글로벌 대표이사

# 김윤종

김윤종 사장은 '아시아의 빌 게이츠'로 불리는 인물이다. 가난을 극복하고 아메리칸 드림을 이룬 스티브 김, 김윤종 씨는 자신의 성공 이야기를 담은 책, 《꿈, 희망, 미래》속에서 자신의 성공 비결을 담고 있다.

그는 한국전쟁 직후 가난한 집에서 태어났다. 1976년에 '가난에서 벗어나고 싶다'는 일념으로 단돈 2천 달러, 우리 돈으로 240만 원을 들고 미국으로 건너갔다.

김 대표가 처음 했던 일은 야간 빌딩 청소부였다. 청소하고 차고를 지키는 일 등 숱한 고생을 하고, 꿈을 이루고자 하는 열정으로 야간 대학원을 다니며 3년 만에 미국의 대기업에 입사했다.

그 후, 그는 새로운 도전 정신으로 중소기업의 세일즈맨을 자청하여 회사를 크게 키우는 데 공을 세웠다.

그의 꿈과 희망은 거기에 안주하지 않고 친구 집 차고를 빌려 컴퓨터 네트워크 부품업체를 창업했다.

시작은 초라했으나 1년여 만에 제품을 개발하여 NASA의 납품을 시작으로 회사는 급속히 성장했다.

'여기서 만족할 수 없다. 글로벌 기업으로 성장시킬 기업이 필요하다.'

그리고 그 두 번째 기업을 창업하여 3년 만에 직원 1천 500명에 60여 개의 해외 지사를 둔 명실상부한 글로벌 기업으로 키워 성공 신화의 주인공이 되었다.

**"성공은 돈과 권력에서 나오는 것이 아니다. 성공은 꿈과 희망과 미래가 있을 때 나에게 찾아온다."**

그의 말대로 그는 한국을 떠난 지 20년 만에 아시아 최고의 억만장자가 되어 한국으로 돌아왔다. 그리고 이제는 한국과 북한, 제3세계를 위해 연간 20억 원을 지원하는 자선 사업으로 나눔을 실천하고 있다.

그의 삶은 마음 속의 소원과 생각대로 자기 자신이 삶의 환경을 만들어 나갈 수 있음을 우리에게 증명해 보여 주고 있다.

# 페 니

페니는 미국의 백화점왕으로 불린다.

그는 목사의 아들로 태어나 사업에 투신했으나 심한 재정난으로 죽으려고까지 했었다.

'난 결코 이 위기를 극복해 낼 수 없을 거야. 차라리 죽는 게 나을지도 몰라.'

마음이 불안정했던 페니는 가족에 의해 미시간 주 베틀크릭에 있는 격리 병원에 수용되었었다.

어느 날 아침 낙망하고 좌절한 그에게 찬송 소리가 들려왔다. 그는 무거운 몸을 이끌고 맥없이 그 곳을 찾아갔더니 어떤 건물 특별실에서 기도회가 열리고 있었다.

그는 뒷자리에 앉아 있었는데 매우 친숙한 찬송 '너 근심 걱정 말아라' 가 불리고 있었다.

그 찬송은 그의 마음에 큰 확신을 갖게 했다. 그는 외치기 시작했다.

"사랑하는 하나님, 제 힘으로는 이제 아무것도 할 수 없습니다. 저를 좀 돌봐 주세요."

그 후 그는 이렇게 고백했다.

"저는 무한한 어두운 공간에서 찬란한 태양 빛으로 옮겨지는 느낌이었습니다. 마음 속의 무거운 짐이 옮겨져서 그 방을 나올 때는 새로운 사람이 되었습니다.
저는 마비된 심령으로 풀이 죽어 들어갔으나 해방되어 기쁜 마음으로 나올 수 있었습니다."

어떤 상황에서도 신앙에 의지하여 절망을 극복하면 성공이라는 열매를 거둘 수 있다. 종교의 힘은 인간의 능력 너머까지 용기를 낼 수 있게 한다는 것을 그를 통해 알 수 있다.

—세계적인 호텔 사업가
# 콘라드 힐튼

　세계적인 호텔 사업가인 콘라드 힐튼은 노르웨이 출신의 이민자인 아버지와 독일 계통의 어머니 사이에서 태어났다.

　그는 행상, 은행원, 호텔 벨보이 등의 직업을 전전했다. 벨보이였던 그의 꿈은 항상 자신이 갖게 될 호텔이었다. 그는 앉으나 서나 장차 자기가 가질 호텔을 머릿속에 그렸다. 자기의 방에다 당시 가장 큰 호텔의 사진을 붙여 놓고 그 호텔의 사장이 된 자신의 모습을 상상했다. 그리고 마침내 늘 상상하고 꿈꾸던 그 호텔의 주인이 되었다.

　그는 모블리 호텔을 인수한 후 획기적인 서비스를 제공했다. 종업원들에게 서비스 교육을 시키고 매일 시트와 베개를 세탁했다.

　"흔히 사람들은 재능과 노력이 성공의 보증수표라고 생각하지만 나는 다르게 생각한다. 생생하게 꿈꾸는 능력이 비결이다. 내가 호텔의 벨보이로 일할 때 나보다 능력이 뛰어난 사람, 더 열심히 일하는 사람은 많았다. 그러나 혼신을 다해 성공한 자신의 모습을 그렸던 사람은 나 하나뿐이었다."

# 폴 게티

폴 게티는 석유 재벌 출신이다. 한국인에겐 많이 알려지지 않은 갑부지만 미국인에게는 아주 친숙한 이름이다. 1957년, 미국 잡지 포춘(Fortune)이 미국의 400대 부자 순위를 처음 발표했을 때 1위에 오른 부자였기 때문이다.

1960~1970년대 미국 최고의 갑부라고 하면 폴 게티를 가리킨다. 미국 서부 최대의 미술관인 로스앤젤레스의 '게티센터'가 그가 남긴 유산으로 운영되고 있다.

폴 게티의 아버지는 변호사이자 유전 개발로 많은 돈을 번 사업가였다. 하지만 부모는 아들을 부잣집 아들로 키우고 싶지는 않았다. 돈은 스스로 일을 해서 버는 것이라는 관념을 심어 주려고 했다. 때문에 어릴 때부터 각종 심부름을 하면서 용돈을 벌게 했다.

폴 게티는 고등학교를 졸업한 후 아버지에게 말했다.
"아버지, 회사의 유전 지대에 가서 일해 보고 싶어요."
그의 아버지는 곧바로 허락해 주었다.
"좋다, 만약 네가 바닥에서부터 일하고 싶다면 그러려무나. 대신 다른 사람들과 똑같은 대접을 받아야 한다.

예외는 없다."

"네, 당연하지요."

그래서 얻은 일자리가 유정 뚫는 일을 보조하는 육체 노동이었다. 폴 게티는 당시 하루에 12시간을 일하고 일당 3달러를 받았다. 이는 다른 노동자들이 받는 것과 같은 돈이었다. 그는 노동자들과 합숙소에서 지내면서 그들과 같은 밥을 먹었다. 폴 게티는 노동의 중요성을 강조한 아버지의 가르침을 제대로 흡수했다.

폴 게티는 대학을 마친 후에 아버지의 권유로 유전 사업에 뛰어들었다.

그는 '아침형 인간'으로, 하루에 16~18시간씩 일했다. 그는 "어떻게 하면 부자가 되나?"라는 질문을 받으면 "아침에 일찍 일어나 하루 종일 열심히 일하라!"고 조언했다.

폴 게티가 밑바닥에서 일하면서 깨달은 '노동의 중요성'은 그가 아들들에게 가장 중요하게 전해 주려고 한 메시지다. 폴 게티는 아들들이 장성한 후에 자신의 회사 주유소에서 일하게 하는 등 육체 노동을 시킨 후에 사무실 일을 보도록 했다.

# 조앤 롤링

조앤 롤링은 불과 10여 년 전만 해도 먹고 살 길이 막막한 싱글 맘이었다. 《해리 포터》 시리즈로 돈방석에 앉게 된 그녀의 삶은 정말 드라마틱했다.

그녀는 신데렐라가 되기 전에는 일주일에 19파운드(약 13만원)씩 영국 정부로부터 생활 보조금을 받아 생활했다. 그러나 그녀의 삶은 1997년에 《해리 포터》 1편이 나오면서 180도 바뀌게 된다. 인세 수입이 눈덩이처럼 굴러들어왔다.

7편이 나오자 출시 첫날에만 인세로 4,360만 달러(약 414억 원)를 벌어들였다. 책을 써서 억만장자 순위에 이름을 올린 사람은 조앤 롤링이 처음이었다.

조앤 롤링이 인생의 힘든 시기를 무사히 넘기고 세계 갑부가 된 데는 부모의 숨은 노력이 있었다. 자녀에게 물고기를 잡아 주는 것보다 고기를 잡는 방법과 현실을 헤쳐나갈 수 있는 지혜를 길러 주려고 노력했다.

부모는 조앤 롤링에게 글쓰기 '재능' 과 삶의 위기에 대처할 수 있는 '의지' 라는 두 개의 무기를 쥐어 주었다.

특히 불치병에 걸려도 개의치 않은 어머니의 의연한 모습은 훗날 조앤 롤링에게 큰 영향을 미쳤다.

어머니는 조앤 롤링이 열세 살 되던 해에 손이 심하게 떨리는 증상을 보이기 시작했다. 2년 후 '다발성 경화증' 이라는 불치병 진단을 받게 된다. 그리고 10년 후 세상을 떠났다.

병에 걸렸다고 병원에 누워 버릴 수 있었지만 어머니는 오히려 일을 더 하려고 했고 농담도 쉬지 않았다.

**"위기를 극복할 의지를 키워라."**

어머니의 얼굴에서는 웃음이 떠나지 않았다.

일자리를 구하지 못하면 이웃 교회에 나가 청소를 도맡아 했다. 독실한 신자는 아니었지만 일을 계속해야 한다는 생각에 봉사 활동에 나섰던 것이다.

어머니에게 고마운 마음을 잊어버리지 않고 있던 조앤 롤링은《해리 포터》1편을 가장 먼저 어머니에게 바쳤다.

―시각 장애 등반가
# 에릭 웨이언메이어

에릭 웨이언메이어는 시각 장애인이다. 13세 때 망막박리증이라는 유전병으로 시력을 완전히 잃고 말았다.

그러나 그는 앞이 안 보인다고 해서 방에만 처박혀 있지 않았다. 그는 활동적으로 일했다.

16세 때 등반가의 길을 걷기 시작했으며, 이후 세계 7대 대륙의 최고봉을 오르는 목표를 세우고 맥킨리와 킬리만자로, 아르헨티나의 아콩카과의 정상을 밟았다.

마침내 2001년, 세계 최고봉 에베레스트 등반에 성공한 후에 그는 이렇게 고백했다.

"노력 없는 재물은 불꽃놀이와 같다.
인생의 정확한 목표를 설정하라.
단조로운 인생을 단호히 거부하라.
고통을 극복하면 성장이 있다."

—세계적인 의류 기업가
# 루치아노 베네통

베네통은 이탈리아의 의류업체인 베네통사의 경영인이다. 동생의 자전거와 자기의 아코디언을 판 돈으로 낡은 직조기를 한 대 사서 짠 다양한 색상의 스웨터를 팔기 시작하면서 의류업계에 첫 발을 내딛었다.

베네통은, "남의 뒤를 따르는 자는 성공할 수 없다."고 입버릇처럼 말했는데, 자신에게 없는 특별한 무언가를 찾으라는 것이 아니라 자신에게 주어진 환경에서 최상이 무엇인지, 차별화할 소재는 어떤 것인지 늘 생각하라는 것이다.

베네통은 양복점 점원으로 밑바닥 생활을 하면서도, 늘 사람들의 마음을 끌 수 있는 색상에 대해 생각했다.

"인생의 첫발을 내디딜 때는 자신의 재력이나 장점에 의지하지 말라. 중요한 것은 남들과 다른 일을 하는 것이다. 머리를 짜내 자신만의 장점을 발견하라."

혁신으로 이루어진 발전이 베네통의 성공 비결이다.

—KFC 창시자
# 커넬 샌더스

커넬 샌더스는 인생 노년기에 성공의 빛을 발한 보기 드문 인물이다. 그는 66세에 105달러만으로 KFC를 만들어낸 켄터키 할아버지이다.

전 세계 80여 개국에 KFC 치킨의 역사를 새롭게 쓴 커넬 샌더스. '켄터키 할아버지 커넬 샌더스의 1,008번의 실패, 1,009번째의 성공'은 그가 KFC로 세계 정상의 치킨 프랜차이즈를 만들기까지의 과정을 기록한 인생 역전기이다.

그는 10살 때부터 수많은 일을 전전하였다. 힘든 농장 일을 시작으로 보험과 타이어 영업, 철도 회사 직원, 변호사 등 갖가지 직업을 섭렵하였다.

그리고 KFC의 전신인 '샌더스 카페'라는 식당을 차리지만 그마저도 파산으로 모두 날려 버렸다. 이미 젊음이 사라진 나이인 66세, 남겨진 전 재산은 고작해야 105달러였다.

모든 사람들이 이제는 끝장이라고 생각하던 그 때, 그는 나이와 가난은 성공에 있어서 결정적인 장애가 아니라는 믿음 하나로 인생을 건 한판 승부를 벌인다.

그는 낡은 포드 자동차 하나에 몸을 맡기고 미국 전역을 돌아다니며 전력을 다해 치킨을 홍보했다.

"홍보, 홍보가 살길이다. 모르는데 어떻게 사 먹을 수 있겠는가. 최대한 홍보를 해야 한다."

그가 돌아다닌 식당만 1,008개 점, 치킨을 홍보하기 위해서라면 문전박대와 무시 속에서 광대 짓도 마다하지 않았다.

결코 자신의 믿음을 꺾지 않았던 커넬 샌더스는 마침내 1,009번째 식당에서 성공의 깃발을 꽂았다.

그가 세상을 떠나고 30년이나 지난 지금, 전 세계에 자리한 매장은 13,000개 점이 넘는다.

끝없는 도전이야말로 성공의 기회가 된다는 것을 그는 자신의 인생으로 증명해 주고 있다.

# 오 명

　오명은 한국의 대표적인 기술 관료로 꼽힌다.

　80년대 우리나라 정보 선진화의 기수, 우리나라 통신 기술을 세계 10위권에 올려놓았다.

　93년에는 대전 엑스포의 조직 위원장으로 대전의 허허벌판에 세계 과학 축제의 장을 열었다.

　체신부, 교통부, 건설 교통부 등 그가 거쳐간 장관 자리만 셋인 그의 성공 비결로 몇 가지를 꼽을 수 있다.

　**첫째, 시대를 앞서는 판단력을 가져라, 둘째, 전문 지식을 갖춰라, 셋째, 정도를 걸어라, 넷째, 아랫사람에게 잘 하라 등이다.**

　41세의 나이에 체신부 차관으로 전격 발탁된 오명은 10억짜리 프로젝트도 없던 시절, 240억이라는 엄청난 기술 투자비가 드는 전전자 교환기(TDX)의 개발을 추진했다.

　서울 올림픽에서는 세계 각 선진국에서도 놀란 통신 시스템을 개발하여 가동시킴으로써 외국 언론의 격찬을 받고 이어 대전 엑스포의 조직 위원장을 맞아 1993년에 성공적인 엑스포를 열게 되었다.


  오명은 어려서부터 공부에 뛰어난 재능을 보였다.
  "정말 총명하구나. 대단해."
  모든 사람들의 촉망을 한몸에 받았지만 그는 의외의 결
정을 하였다. 학자나 과학자가 되지 않을까 기대했는데,
고등학교 3학년 때, '미래의 지도자는 육사에서 나온다'
는 교장 선생님의 말씀을 듣고 육사 진학을 결심했던 것
이다.
  '나는 공학 분야가 적성에 맞아.'
  그 곳에서 적성에 맞는 공학 분야에서 두각을 보이면서
오명은 장차 육사의 교수감으로 지목되어 서울 공대에 편
입하고 이어 미국 유학까지 가게 되었다.
  육사를 거쳐 서울대학교, 그리고 미국 스토니브룩 대학
에 이어지는 공학도로서의 학문 탐구는 후에 그를 한국의
대표적인 기술 관료로 만드는 데 밑거름이 되었다.


  "직원 관리는 원칙을 가지고 해야 됩니다. 윗사람보다
는 아랫사람에게 신경을 써야 하지요. 아랫사람에게 관
심을 갖고 베풀면 언성을 높여 꾸짖지 않아도 잘 따라오
게 됩니다."
  이것이 그의 직원 관리 철학이다.

# 김광석

김광석은 우리나라 화장품 업계에서 후발 주자로서 매출액 1위라는 신화를 일으킨 장본인이다. 텃세가 심한 화장품 업계에서 보기 드문 기록이 아닐 수 없다.

한때 피보약국이라는 피부 전문 약국으로 명성을 쌓던 약사였던 그는 정치 활동에 대한 보복으로 무허가 제약 행위로 고발당하는 시련을 이기고 성공을 거두었다.

'시련이 없는 사람이 어디 있겠는가. 시련을 도약의 발판으로 삼을 수만 있다면 더 이상 시련이 아니고 성공의 거름이 아니겠는가!'

그는 인생의 숱한 시련 속에서도 희망을 잃지 않고 다시 시작하기를 두려워하지 않았다.

의약품처럼 정확한 화장품을 만들겠다는 신념으로 국내 화장품 업계의 틈새 시장에 도전하여 화장품 업계의 정상을 차지했고, 입지전적인 성공담은 희망을 잃어버린 시대를 살아가는 많은 사람들에게 귀감이 되었다.

참존은 우리나라 화장품 업체로서는 처음으로 미국과

일본 시장 공략에 나서고 있다.

첫째, 나만의 것을 찾아라. 둘째, 절망의 끝에 희망이 있다. 셋째, 두들겨야 강해진다. 넷째, 남이 안 하는 것을 하라! 등이 그가 꼽는 성공 비결이다.

인생의 밑바닥에서 언제나 희망을 잃지 않고 다시 시작할 수 있었던 그의 삶의 태도는 바로 어머니의 가정 교육 덕분이었다.

"힘들게 일해야 인내를 배울 수 있는 법이란다."

매일 새벽 4시부터 어린 자녀들을 하루도 거르지 않고 땔나무를 하러 보내며 고생을 시켰는데, 고생이 인내를 낳는다는 것이 그의 어머니의 지론이었다.

소비자들이 아무도 알아 주지 않을 때 김광석은 오로지 제품의 질로만 승부를 볼 것이라고 고집하였다. 그래서 샘플을 나누어 주는 방식으로 제품의 질을 소비자에게 알려 주기 시작하였다.

그 판매 전략이 성공을 거두었고, IMF의 한파 속에서도 튼튼한 참존화장품을 지켜나갈 수 있었다.

# 김덕중

    김덕중은 아주 유복한 유년기를 보냈다. 아버지는 경성 제국대학 2회 졸업생으로 제주 도지사까지 지냈던 분이라 어린 시절에는 안정된 생활을 할 수 있었다.

    그러나 전쟁이 일어나자 상황은 완전히 바뀌게 되었다. 전쟁으로 망해 버린 집안 때문에 학교를 포기하고 직장 생활을 하였다.

    동생 김우중이 공부를 끝내자 미국으로 건너가 3년 만에 대학을 졸업하고 대학원에 진학하여 박사 학위를 받고 모교에서 촉망받는 교수가 되었다.

    그러나 고국으로 돌아와 한국 경제 개발 초기 시대를 이끈 두뇌 집단인 서강학파의 일원으로 국가 발전에 기여하였으며, 서강대 교수로 경제학 학생들에게 바이블처럼 읽혀지던 '거시 경제학 이론'을 저술하는 등, 학자로서 활발한 활동을 하였다.

    한편으로 대우기업의 발전에도 큰 영향을 주었다.

    김덕중은 1995년부터 아주대학교 총장직을 맡아서 평범한 수준이었던 아주대학교를 2년 만에 대학 평가에서 상위권에 오르는 학교로 바꿔 놓았을 뿐만 아니라, 한국의 대학이 가야 할 방향을 제시한 인물로 평가받고 있다.

그는 '솔선수범', '어디 있든지 최선을', '학자의 본분'이란 세 가지 원칙을 자신의 성공 비결로 꼽았다.

아주대학교 총장으로 부임한 날에도 손수 운전하고 학교에 혼자 나타나 학교의 문제점을 꼼꼼히 살피고, 교육을 위한 공간 확보를 위해 총장실을 줄였을 뿐만 아니라, 학교의 중심은 학생이라는 신념으로 학생과 교수를 위한 학교로 변화시켰다.

'우수 학생이 있으면 직접 발로 뛰며 유치해야 한다. 가만히 앉아서 학생들이 지원해 오기를 기다리면 좋은 학생들을 만날 수 없다.'
이런 신념이 있었기 때문에 그는 전국을 누비며 직접 고등학교 교사들을 만났다. 인재가 얼마나 중요한가를 알았기 때문이었다.

부친의 납북으로 풍비박산이 난 집안을 이끄는 가장 역할을 하게 된 그는 대구 피난살이 시절 동생 김우중과 함께 신문팔이를 하며 생계를 꾸렸다.
제대 후 서울대 상대에 합격했지만 동생의 공부와 집안

을 위해 학교를 포기하고 회사를 다녔다.

'동생이 먼저 하고 그 뒤에 내가 하면 되지, 뭐.'

그는 동생에게 기회를 먼저 주는 것을 당연하다고 생각하고 집안의 생계를 책임졌다.

4년 뒤에 동생이 졸업하자 그 때에야 화물선을 얻어타고 미국 유학길에 올랐다.

모교인 위스컨신 대학에서 교수 생활을 시작해 최고의 교수로 선정되는 등 촉망받는 교수가 되었지만, 고국 생각을 버릴 수가 없었다.

'미국에 남을 수는 없다. 조국에 기여하고 싶다.'

그의 실력을 탐내며 가지 말라고 말리는 사람들도 많았지만 고집을 꺾지 않았다.

기어이 귀국한 그는 서강대학교 교수로 재직하면서 우리나라 경제 발전의 방향을 제시한 서강학파의 일원으로 사회 기여를 시작했다.

동생의 회사인 '대우기업' 사장으로 6년간 회사를 이끌었으면서도 단 한 주의 주식도 가지지 않았다.


자신이 일하는 분야에서 이름 석 자 남기는 것이 가장 큰 소원이라고 하던 그는 학자의 본분을 지킴으로써 성공을 거두었다.

―변호사
# 박은수

　박은수는 한쪽 다리가 불편한 장애인으로서, 사법 시험 판검사 임용에서 장애자 차별을 철폐한 사람이다.
　불편한 몸에도 불구하고 두 다리가 건강한 사람보다도 몇 배의 일을 더 해내는 박은수 변호사의 성공 뒤에는 위대한 어머니가 있었다.

　생후 10개월 만에 찾아온 소아마비는 가족의 삶마저 고통 속으로 몰아넣었다.
　'아, 내 아들이 소아마비라니!'
　18살 나이에 시집 온 어린 어머니에게는 너무나 큰 고통이었다. 은수의 불행을 온몸으로 함께 했던 어머니의 삶은 그야말로 희생과 인고의 나날일 수밖에 없었다. 어머니는 언제나 그의 힘과 에너지가 되어 주었다.
　그는 무섭게 학업에 정진하여 서울대 법대에 진학하게 되고 대망의 사법 시험에 당당히 합격했다.
　가난한 가정 형편 때문에 책을 사 줄 수 없자 어머니는 보이는 책마다 빌려다 주었다. 어머니의 그런 끊임없는 보살핌과 격려가 오늘의 변호사 박은수를 만드는 힘이 되었다.

1980년에 그는 제22회 사법 시험에 합격했다. 난방이 들어오지 않는 춥고 비좁은 차고 방에서 벌인 자신과의 싸움에 대한 승리였는데, 아주 좋은 성적으로 연수원을 무사히 마치고 판사 임용을 기다렸다.

그러나 장애자란 이유로 자신이 판사 임용에 탈락했음을 알게 되자 그 길로 상경하여 대법원장과의 면담을 시도했다. 동시에 신문사를 방문하여 이 사실을 세상에 널리 알렸다.

장애인 단체는 물론 사회 각계의 들끓는 여론에, 마침내 그는 동기들보다 6개월 늦게 판사에 임명되었다.

긍정적인 사고로 장애자에 대한 사회의 벽을 하나씩 허물어 가던 그도 마지막까지 극복하기 힘들었던 것이 바로 이성과의 문제였다.

'내 불편한 다리까지 좋아할 만한 여자는 없을 거야.'

거의 체념했는데, 80년 고교 동창 서클의 여름 캠프에서 운명적인 사랑을 만나게 되었다.

그는 자신의 어려웠던 시절을 잊지 않고 장애인 편에 서서 그들이 진정 필요한 일들을 실천하고 있다.

—만화가
## 이현세

이현세는 한국 만화에 대한 인식을 바꾼 만화가이다.

아동의 전유물, 혹은 저질이라는 말로 표현되던 만화 독자를 성인까지 끌어들여 차원을 높임으로써 하나의 문화로 인정받게 했던 것이다. 그 작품은 바로 너무나 잘 알려진 《공포의 외인구단》이었다.

그는 자신의 성공 비결로, 첫째, 좌절은 내 정신의 자산, 둘째, 모두가 나의 스승이라는 생각, 셋째, 고정 관념을 깨라, 넷째, 장인 정신을 들었다.

그가 할 수 있는 것은 만화밖에 없다는 말을 들을 정도로 어린 시절부터 이현세는 만화에 미쳐 있었다.

한때 미대 진학을 꿈꿨으나 색약이라는 판정을 받아 미대를 포기하고 문예 창작과에 진학했다.

뒤늦은 나이로 본격적으로 만화가의 문하생으로 들어가 힘들게 만화에 발을 내딛었다. 그러던 중 자신의 부모가 친부모가 아니며 자기가 양자라는 사실을 알고 긴 시간 방황했다.

'그럼 나는 누구지? 내 친부모님은 누구지?'

그의 만화에 등장하는 아웃사이더인 비극적인 주인공은 그의 이런 경험이 바탕이 됐다고 한다.


원하던 삽화체 대신 순정 만화 작가의 문하생으로 들어가 담배 꽁초를 주워서 필 만큼 어려운 생활을 시작했다. 잠을 잘 시간도 없이 혹사당하며 실력을 쌓아 마침내 한국 만화 최고의 주인공인 '까치'를 창조하게 되었다.

그의 가치는 새로운 작품이 나올 때마다 원고료가 파격적으로 오르는 스타 작가로 떠오르고 《공포의 외인구단》이 나오면서 한국 만화의 역사를 창조하게 되었다.

"만화는 아이들이나 보는 것 아냐?"

이런 기존의 인식을 깨고 성인들을 만화 가게로 끌어들여 대본소의 숫자를 폭발적으로 늘게 하였다.

완성도가 떨어지는 작품은 독자들에게 보이지 않겠다는 그의 철저한 장인 정신은, 습작 시절의 작품에 집 한 채 값을 주겠다는 제안을 뿌리치고 원고들을 불태운 적도 있었다.

1995년, 애니메이션이라는 새로운 분야에 야심차게 도전한 그는 《아마게돈》으로 대실패도 맛보았다. 그러나 실패의 경험을 발판삼아 새로운 애니메이션에 도전하기 위해 열정적으로 일하고 있다.

# 김향수

김향수 회장은 한국 반도체 업계의 선구자로 꼽힌다.

그는 1968년, 보릿고개조차 넘기 힘들었던 한국의 경제 수준에서 그것도 나이 60살을 넘어 반도체 산업을 일으킨 신화적인 인물이다.

"우리나라 같은 선진국도 아닌 나라에서 반도체 산업을 일으키겠다고? 말도 안 되는 소리지."

사람들의 어불성설이라는 손가락질 속에서도 그는 포기하지 않았다.

이러한 그의 선구자적인 행동이 있었기에 반도체에서 세계 1위라는 오늘의 한국이 가능했던 것이다.

그가 일으킨 반도체 산업은 한국 전자 산업과 기술 산업의 기폭제가 되어 한국 경제 발전에 큰 자양분이 되었다.

그의 성공 비결은 첫째, 끝없는 수련이었고, 둘째, 신의를 지켰으며, 셋째, 지성이면 감천이라는 말을 믿었다.

1957년에 미국과 유럽을 여행하며 많은 깨달음을 얻었고, 선진 국가의 경제와 기술의 발달 수준에 큰 자극을 받게 되었다.

'그래, 공업 발달이 경제 발달의 초석이야. 지금 우리나라는 1차 산업이 수출의 전부야. 그래서는 큰 발전을 이룰 수 없어. 반도체 산업이 우리나라의 공업 수준과 경제 발달의 초석이 될 수 있을 거야.'

이렇게 생각한 그는 확고한 신념을 가지게 되었다.

그리고 드디어 얼마 후에 한국 최초의 반도체 공장을 지으며 사업을 시작했다.

자살을 생각했을 정도로 어려운 상황은 계속되었지만 당시 미국에서 교수를 하고 있던 장남 김주진의 노력으로 드디어 첫 주문을 받게 되었다.

오로지 품질과 납기만으로 승부한다는 김향수 회장의 기업 경영 이념은 점차 미국과 서구 유럽에서 인정을 받게 되었다.

"와, 반도체 주문이 들어오고 있습니다."

눈물이 나도록 기쁘고 벅찬 소식이었다.

이렇게 하여, 여러 가지 악조건 속에서도 아남은 한국 굴지의 반도체 회사로 성장하게 되었다.

# 이상수

　이상수는 돈을 잘 버는 농사꾼이다. 농사를 지어서도 돈을 벌 수 있다는 것을 보여 준 사람이다. 낙후된 한국 농업에 희망을 보여 주고, 일본에서도 불가능하다고 하는 씨 없는 수박의 세계 최초 대량 생산을 성공하였다.

　광복 후 처음으로 일본에 농업 기술 수출 등, 농업 분야에 있어서 선구자적 역할을 하였다.

　채소 농사에서 시작하여 많은 시행착오와 좌절을 이겨 내고 성공한 육묘가로, 한국에 허브를 도입해 보급하는 허브 사업가로 활약하고 있는 그는, 연구하는 농업은 성공할 수 있다는 희망을 보여 준 사람이다.

　그의 성공 비결은 첫째, 스치는 생각을 잡는 것이다. 둘째는 아는 만큼 벌 수 있다는 믿음이다. 셋째는 모험이 발전을 낳는다는 도전 정신이다.

　농업에서 채소 농사를 시작으로 농사를 시작한 그는 농산품도 소비자를 감동시킬 수 있는 품질과 상표의 필요성을 절실히 느껴, 수박에 그의 이름을 상표로 찍어 넣어 높은 가격을 받아냈다. 자기가 가꾼 농산물에 책임을 진다는 정신이 인정을 받은 것이다.

병든 아버지를 모신 가난한 농민의 집안 7남매 중 장남으로 태어난 그는 당시 농업에서 가장 전망이 있는 축산과로 지원했다.

고등학교 3학년 때 부친이 빚만 남기고 돌아가시자 서울대 진학을 준비하던 우수한 학생이었던 그는 공부를 포기하고 가족의 생계를 위해 모두들 전망이 없다고 말리던 농사를 시작했다.

한밤중에 경운기 불을 켜 놓고 농사를 짓는 그에게 동네 사람들이 붙여 준 별명은 올빼미였다. 해가 뜨면 일하러 나가고 해가 지면 쉬는 것이 농사일이었기 때문이다.

높은 수익을 좇아 수박 농사를 시작했지만 그에게 수박 농사를 가르쳐 주는 사람이 없었기에 당연히 첫 해는 완전히 실패했다. 지식이 없이는 성공을 거둘 수 없었다.

농사를 짓는 데도 지식이 필요하다는 것을 절감한 그는 군대에 있으면서도 농업기술자협회 등을 다니며 최신 농법에 대한 연구를 계속하고, 결혼 후에 늦은 나이로 대학에 진학했다.

화려한 이론이나 학벌보다 직접 실험하고 체험한 것을 바탕으로 쌓은 노하우가 그에게 큰 결실을 안겨 주었던 것이다.

# 지미 카터

　지미 카터는 함박웃음 가득한 이웃 아저씨 같은 전 미국 대통령이다. 그는 자신의 성공의 기반으로 늘 어머니를 첫번째로 이야기한다.

　"어머니께로부터 받은 소중한 유산 덕분입니다."

　거의 한평생을 흑인과 빈민을 위해 봉사를 했던 간호사가 바로 미국 대통령이었던 지미카터의 어머니 미스 릴리언이다.

　릴리안의 삶은 신앙인으로서의 의무를 몸소 실천한 삶이었다. 그녀는 카터가 상원 주지사에 출마할 당시 미국 최고령의 나이로 인도에 평화 봉사단원으로 파견되었는데, 고령의 나이에도 '미스 릴리안' 으로 불릴 만큼 정열적이고 소신 있는 삶을 살았다.

　자신의 삶을 통해 자녀들에게 평화, 자유, 나눔, 사랑, 봉사, 민주주의 등의 가치관을 가르쳤다.

　자식들은 당연히 어머니를 닮고 어머니의 교육에 많은 영향을 받는다. 하지만 지미 카터에게 어머니 릴리언은 좀더 특별한 의미를 갖고 있었던 것이다.

　카터는 자신의 일에 대한 모든 사랑과 열정은 어머니 릴리안에게서 물려받았다고 생각했다.

1971년에서 1975년 사이에 그는 조지아 주의 지사로 재직하고 있었다. 당시 그는 지사로 일하는 주를 빼면 거의 무명에 가까운 인물이었다. 그는 조지아 주 이외의 지역에는 전혀 알려져 있지 않아서 "나는 누구일까요?"라는 TV 게임 쇼에서, 그를 알아보지 못하는 네 명의 명사를 곤란하게 한 적도 있을 정도였다.

주지사가 된 지 2년 후인 1974년, 그는 대통령직에 출마하겠다고 선언했다.

"국민 여러분, 나는 지미 카터입니다. 나는 미합중국 대통령직에 출마하려고 합니다. 여러분의 도움이 필요합니다."

그러나 이에 대한 미국 시민 대부분의 반응은 한마디로 너무나 썰렁했다. 그가 누군지 알지 못했기 때문이다.

"지미가 누구야?"

"몰라, 처음 듣는 이름인데?"

그러나 지미 카터는 풀이 죽거나 쑥스러워하지 않고 미소를 잃지 않은 채 부지런히 다니며 자기의 소신을 펼쳐나갔다.

그리고 그는 드디어 미국의 대통령에 당선되었다.

"여러분은 저에게 크나큰 책임을 지어 주셨습니다. 여러분과 친밀하게 지내도록, 여러분의 가치를 드높이도록, 그리고 여러분이 무엇을 원하는지 예시하도록 하는 책임을 저에게 주셨습니다. 자, 우리 함께 단결과 믿음의 새로운 국가 정신을 창출해 나가도록 합시다."

1977년 1월 20일, 대통령 취임식에서의 그의 말이다.

지미 카터 전 대통령은 역대 대통령 중에서 골프를 치지 않은 예외 3인방에 속한다. 그는 성실하고 검소한 대통령이었다.

대통령직에서 물러난 후, 그는 비영리 단체인 카터 재단을 설립해 후원과 자원 봉사 일을 계속하고 있다. 그는 퇴임 후에 오히려 더 인기가 높아졌다고 한다.

2002년에는 국제 분쟁을 중재한 공로로 노벨평화상을 수상하기도 했다.

우리나라와의 인연도 깊어서, 고령의 나이임에도 불구하고 북한을 방문한 바 있다.

—미쉐린사 최고 경영자
# 프랑수아 미슐랭

미쉐린의 전 회장인 프랑수아 미슐랭은 자신의 성공 비결로 잠재 능력을 꼽았다. 바로 자신 속에 잠들어 있는 무한한 능력을 인정하는 것이 그 시발점이다.

"나는 경험으로 알고 있습니다. 인간은 극한 상황에 처했을 때, 그것을 극복하는 놀라운 저력을 발휘한다는 것을. 나는 인간의 능력을 신뢰합니다.
인간은 자신의 가능성을 인정받고 그 가능성을 펼칠 기회를 얻으면 무한한 능력을 발휘합니다.
유일하고, 자유롭고, 책임감 있는 모든 인간은 태양처럼 빛이 납니다. 자신의 에너지를 자유롭게, 최대한도로 발휘하는 것이 가장 중요합니다."

그는 철저한 현실주의자이고 사람을 사랑하는 그리스도인이며, 경제 전반에 걸친 깊은 이해력이 있고, 출중한 역사적인 안목을 가진 유럽을 대표하는 기업가였기에 프랑스 대통령은, 제2차 세계대전 이후 가장 위대한 기업인 가운데 한 사람이 세상을 떠났다고 안타까워했다.

─미래 경영학자, 작가
# 피터 드러커

피터 드러커는 다가오는 미래 사회에서는 준비하고 도전하는 자만이 살아남는다고 주장한 미래 경영학자이다.

그는 관찰자의 기질을 타고난 사람이었다. 그런 그가 꿈과 목표, 그리고 자신의 신념을 현실화해 내는 유일한 방법은 '행동' 하는 것이었다. 바로 실행 능력이다.

성과를 올리는 사람들도 그렇지 못한 사람들만큼이나 천차만별이며 그들은 인간 유형, 개성, 그리고 재능의 측면에서 무능한 사람들과 구별이 되지 않는다. 다만 성과를 올리는 모든 사람들이 공통적으로 갖고 있는 것은 자신의 능력과 존재를 성과로 연결시키기 위해 끊임없이 노력하는 실행 능력뿐이다.

실행 능력이 없는 사람은 아무리 지능과 근면성과 상상력이 뛰어난다 해도 결국에는 실패하고 만다. 또한 그런 사람은 목표 달성 능력이 부족한 사람이다.

실행 능력은 하나의 습관이다. 실행 능력은 지속적으로 배워야 가능한 것이지만, 한편으로는 믿어지지 않을 만큼 단순한 것이기도 하다.

심지어 일곱 살짜리 어린 아이도 그것이 무엇이라는 것

을 이해하는 데에 어려움을 느끼지 않는다. 그러나 그것을 충실히 유지하는 것은 몹시 어렵다.

우리 모두가 구구단을 외우는 것처럼 실행 능력을 몸에 익혀야 한다. 실행 능력도 지겹도록 반복해서 몸에 익혀야 한다. 실행 능력은 반복적인 실행을 통해서만 배울 수 있는 것이기 때문이다.

시대를 앞서가는 경영 철학과 미래 사회에 대한 탁월한 통찰력을 지닌 피터 드러커는 다양한 사람에 대한 관찰과 분석을 통해 단편적으로 존재하던 자신의 생각이 정립되어 체계를 잡게 되었고, 주변의 세계와 내면 세계를 올바르게 인식하게 되었다고 한다.

그는 베닝턴 대학, 뉴욕 대학 등에서 강연했고, GM과 GE 같은 기업들의 컨설팅을 담당했다.

현재는 피터 드러커 비영리 재단의 이사장으로 있다.

—성악가
# 조수미

소프라노 조수미는 우리나라가 낳은 세계적인 성악가 이다. 최정상에 올랐음에도 불구하고 음악에 대한 열정이 조금도 식지 않은 독보적인 성악가이다. 세계의 정상 자 리를 지키는 힘은 식지 않는 그의 열정 덕분이다.

그녀는 타고나기를 완벽주의자로 태어났다. 연습도 흡 족하게 마치지 않고서는 무대에 오르지 않는다. 그만큼 치밀하게 준비하기 때문에 언제나 만족스러운 공연을 팬 들에게 보여 줄 수 있는 게 아닐까?

무슨 일을 하든지 굉장히 치밀하게 준비하여 아주 세심 한 부분까지 완벽을 추구하기 때문에 공연이 없는 시간에 도 거의 편히 쉴 틈이 없다. 자신의 전공인 음악 분야에서 는 물론, 연주 여행을 다닐 때에도 무대와 관련된 것이라 면 전부 다 들고 다닌다.

콘서트 때에도 음악 이외의 부분까지에도 모두 신경을 쓴다. 공연에 앞서 무대에 가 본 다음, 마음에 들지 않는 부분이 있으면 다시 조율한다. 이런 프로다운 완벽성과 실력이 명성을 유지해 주는 비결일 것이다.

# 리콴유

리콴유 전 총리는 실패의 유익을 성공의 디딤돌로 꼽았다. 그는 실수와 실패는 성공에 오르는 외길에 놓여 있는 계단과도 같다고 생각하였다. 그는 이론에 사로잡힌 적이 없었고 늘 현실 속에서 적용하는 삶을 살았다.

"내가 행한 모든 이론이나 계획의 리트머스 실험에서, 단지 그것이 이루어질 수 있느냐 하는 것만 보았다.
그것은 나의 총리 재임 기간의 중심 과제였다.
만약 하나의 이론이 실현성이 없거나 결과가 바람직하지 못하면, 나는 더 이상 시간이나 재원을 낭비하지 않았다.
나는 같은 실수를 두 번 반복하는 일이 거의 없었고, 다른 사람의 실패로부터도 배웠다.
나는 총리의 자리에 오른 초기 단계에서, 우리 문제 중 다른 정부가 경험하지 못했거나 해결할 수 없었던 문제가 거의 없다는 사실을 깨달았다."

# 유상옥

유상옥 회장은 끈기를 성공의 비결로 강조하고 있다.

그는 위대한 일을 이루어내는 힘은 뛰어난 능력이 아닌 포기하지 않는 의지에서 비롯된다는 신념을 지녔다.

"보이는 곳에서나 보이지 않는 곳에서나 한결같아야 합니다. 끈기와 우직함은 약속을 지키는 사람에게서만 찾을 수 있는 미덕입니다. 눈앞의 작은 성공에 자만하지 않아야 합니다. 처음 입사했을 때의 마음 가짐을 40년 넘게 유지해 온 끈기와 우직함이 오늘날의 저를 만든 것 같습니다."

구체적인 성공 비결로는 고객 밀착 경영을 시도하여 고객과의 간격을 줄였고, 브랜드력 강화 및 조직력 강화를 들 수 있다.

그는 가난한 농사꾼 집안에서 3남 3녀 중 장남으로 태어났다. 어머니는 누에 치고, 목화 따고 밭일을 돌보며 밤을 꼬박 새워 일을 하셨다.

어려운 살림살이였지만 어머니는 자식들의 교육을 위해 서울로 집을 옮겼고, 고등학교 시절 신문 보급소장을 하면서 학비를 조달했다. 조석간이 나오던 때라 새벽잠을 설치고, 학교 종례도 마치지 못한 채 신문을 돌리며 뛰어다녔다. 그 시절 그의 가장 큰 소원은 마음껏 자 보는 것이었다. 그만큼 그는 고달프게 살았던 것이다.

동아제약 공채 1기로 입사한 후에 고려대 경영대학원에 진학해 석사 학위를, 미국 유니온 대학에서 박사 학위를 따냈다. 이러한 노력을 회사로부터 인정받아 입사 9년째인 1968년에 35살의 나이로 기획 관리 이사가 되었다.

그는 1988년에 서울 종로구 예일빌딩의 30평짜리 사무실, 전화기 2대, 영업 사원 5명으로 코리아나 화장품을 창업했다. 하청 공장보다 못한 여건에서 출발했지만 그는 자신이 있었다. 5년 만에 매출액 1,000억 원을 돌파하며 500대 기업에 진입하였고, 극심한 내수 부진으로 대부분의 화장품 업체들이 고전하는 가운데도 코리아나를 업계 3위로 올려놓았다. 또한 국내 화장품 산업의 발전에 기여한 공로로 국민훈장 모란장을 받았다.

그는 에너지가 넘치는 사람이다. 아직도 하고 싶은 일이 많아서 내일을 계획하고, 내년을 계획하고, 새로운 천년의 미래를 준비하는 사람이다.

—전 미래산업 회장
# 정문술

    정문술 회장은 겸손을 성공의 비결로 꼽았다. 무한한 성공은 자신을 비우는 것에서부터 시작된다는 것이 그의 성공 철학이다. 먼저 자신을 비워야만 그 빈 곳에 채워 넣을 수 있기 때문이다.

    "저는 사업을 하면서 인간의 영역과 신의 영역을 자주 생각합니다. 열심히 일하는 것은 인간의 영역이고, 성공 여부를 가르는 것은 신의 영역입니다."

    베스트셀러《왜 벌써 절망합니까》의 저자이기도 한 그는 "21세기 정보화 사회에서 기술 인재란 예술 창작인과 같다. 실패를 두려워 말고 오히려 즐기라."고 젊은이들에게 강조한다.

    전라북도 임실 출신인 정 사장은 원광대학교 종교 철학과를 졸업한 후 중앙정보부에서 18년간 근무하다 타의에 의해 물러난 후 43세의 늦은 나이에 반도체 분야의 벤처 기업을 키웠다.

    초기에 세계 최초의 첨단 웨이퍼 검사 장치의 개발에 도전했으나 뼈저린 실패를 경험했다.

그의 저서에서 그가 강조한, '실패를 두려워하지 말라'
는 것도 그의 인생 경험에서 나온 교훈이다. 큰 실패에 주
저앉지 않고 그는 특유의 집념과 돌파력으로 절망과 시련
을 이기고 다시 재기하였다. 피나는 노력 끝에 개발한 주
력 제품 'IC TEST 핸들러'는 반도체 생산 최종 공정에서
반도체의 성능을 검사한 후 합격-불합격을 등급별로 분
류하는 시스템이다.

당시 국내 반도체 회사들이 일본과 미국에서 100% 전
량 수입에 의존하던 때인 1989년에 트랜지스터 핸들러를
개발한 데 이어 92년에는 메모리핸들러 테스트의 국산화
에 성공하여 미래산업의 주력 상품이 되었다.

1995년 이후 연속 매출액 대비 당기 순이익 30% 이상
을 기록, 최우량 상장 기업이 되는 영예를 안았다. 창업
후 10여 년 만의 경사였다.

연간 매출액의 최고 26%를 연구 개발비로 투자하며, 종
업원 수에서 연구 인력이 차지하는 비중은 45.5% 수준이
며, 기초 기술을 토대로 첨단 장비를 자체 개발할 수 있는
인력을 자체 교육한다는 원칙을 고수하고 있다.

그는 약속을 철저하게 지키는 사람이다. 직원의 결혼식
주례를 맡으면 신랑 신부보다 먼저 가서 기다릴 정도다.
약속은 신뢰를 바탕으로 이루어지기 때문이다.

# 최수부

최수부 회장은 한국인다운 뚝심 경영으로 광동제약을 키워냈다.

그는 굳건한 초심, 당당한 태도와 배짱, 굳은 의지, 신용, 경청, 긍정적인 시각, 발상의 전환, 도전 정신, 끈기를 강조한다. 자신이 하고자 하는 일이 있다면 끝까지 완수해야 한다는 것이다.

광동쌍화탕, 30년 최 씨 고집의 광동 우황청심원, 비타500에 이은 광동 옥수수 수염차, 광동제약의 성공 뒤에는 한방 과학화를 이념으로 44년 동안 한방 외길을 걸어온 집념의 의지가 있었다. 신용과 성실, 타고난 도전 정신으로 말단 사원에서 제약 그룹 회장에까지 올랐다.

12살의 어린 나이에 소년 가장이 된 그는 초등학교 중퇴의 학력으로 아홉 식구를 먹여 살리기 위해 한눈 팔지 않고 땔감 파는 일부터 닥치는 대로 일만 했다고 한다.

이후 청년이 되어 군 제대 후 얻은 첫 직장인 고려인삼산업사의 외판 사원으로 제약 사업과 처음으로 인연을 맺었고, 외판원 일을 하면서 당시 '경옥고'를 판매하면서 문전박대와 퇴짜에도 불구하고 집념과 끈기로 이를 극복하여 다른 영업 사원과 비교할 수 없을 정도의 매출 실적을 올려 주변의 사람들을 놀라게 하기도 했다.

마침내 1963년에 300만 원을 자본으로 '광동제약'을 창업하여, '쌍화탕'과 '우황청심환'을 탄생시켰다.
당시 이 제품들로 광동제약은 초고속 성장하여 우리나라 대표 제약사로 사람들에게 인식되었다. 특히 광동제약의 제품의 품질에 대해 소비자들로부터 높은 신뢰를 얻을 수 있었다.

최수부 회장의 직원들에 대한 사랑도 남달라서, 주식 10만 주를 직원들에게 무상으로 양도한 것은 당시로서는 상상도 못할 일화이기도 했다.
최 회장의 기업 경영과 수완은 혁신적이었다. 더구나 우리가 잘 알고 있는 '우황청심원' 광고에 최 회장이 직접 우황을 고르는 장면은 방송을 타면서 더욱 유명해지고 인지도가 높아졌다.

# 박인천

　박인천 회장의 성공의 비결은 세 가지를 꼽는다. 바로 사람이 살아가는 데 중요한 덕목인 신의, 성실, 근면 정신이다.

　그가 설립한 광주여객으로부터 비롯된 금호 그룹의 핵심 역량은 초창기 운수 사업에서의 우위를 바탕으로 획득한 운송업에 대한 노하우였다.

　그리고 그가 가장 중요하게 생각하던 고객에 대한 서비스의 중요성이었다.

　그러나 아무리 서비스가 좋아도 기업의 몸집이 작으면 사업 효율을 극대화시킬 수 없기 때문에, 시너지 효과를 높이기 위해 다각도로 관련 기업들의 통합을 꾀하였다.

　우선 운송 산업에서 다뤄지는 주요 부품인 타이어를 생산하는 삼양타이어공업과 한국합성고무를 설립하여 타이어의 자체 조달을 실행했다.

　이어서 금호실업을 설립하여 타이어 수출에도 발판을 마련하여 기존의 자금 조달의 범위를 넓혀 나갔다.

　또한 모빌코리아를 설립하여 윤활유를 직접 생산함으로써 비용을 줄였고, 운수 산업에 필요한 부품 순환이 잘 이루어지도록 했다.

　기업이 점점 커 나가자 안정적인 자금 기반을 마련하기 위해 광주투자금융을 설립하였다. 그리하여 다양한 기업 경영으로 안전성과 효율성을 갖췄고 시장에서도 주도권을 확고하게 다질 수 있었다.

# 안철수

컴퓨터 바이러스 백신을 국내 최초로 개발하고, 차입 경영을 하지 않아 회사의 부채를 0원으로 만든 안철수 교수는 이색적인 공부 비결을 갖고 있다.

"새로운 바이러스 백신이 나올 때마다 원리를 익혀야하지만 시간이 충분치 못할 때가 많습니다. 그럴 때는 잡지사에 내가 먼저 전화를 걸었습니다."

잡지에 기고를 내겠다고 선수를 치는 것이다.

아무도 그런 글을 쓴 경우가 없는 기고이기 때문에 잡지사는 대개 '좋다'는 반응을 보인다. 이제 마감을 약속했으니 그로서는 잠을 줄이는 한이 있더라도 틈틈이 시간을 내어 그걸 완성할 수밖에 없다는 것이다.

그렇게 해서 잡지사에 글을 주고 나면 고생으로 몹시 찌들게 되지만 해당 바이러스에 관해서만큼은 해박해질 수 있다고 말했다.

할 수밖에 없는 여건을 스스로 만들어 놓으면 자기의 능력 이상을 발휘하게 된다는 효과가 있다는 것이다.

그는 아버지가 행동으로 보여 준 영향력이 지대했음을 고백했다. 그의 부친은 판자촌으로 들어가 병원을 열고 가난한 이웃들을 치료했다.

그런 아버지의 모습은 안철수에게 말없는 가르침과 깊은 깨달음을 주었다.

"대한민국 부모님들은 자식에 대한 영향력을 과대평가하는 경향이 있는 것 같아요. 부모가 열심히 노력하면 아이의 운명을 바꿀 수 있다는 게 우리나라 부모님들의 공통적인 생각인 것 같아요.
하지만 10대만 되더라도 주위 친구들이나 아이의 환경에 영향을 더 많이 받습니다.
부모의 할 일이 거기서 나오지요. 부모의 역할은 아이가 책을 읽는 환경을 만들어 주는 것이 중요합니다.
아이에게 책을 읽으라고 하지 말고 부모의 책 읽는 모습을 아이에게 보여 줘야 합니다."

책을 읽는 독서가 그의 많은 성취를 이루어 준 기반이었다는 것을 알 수 있는 말이다.

# 존 애사라프

　존 애사라프는 자신감이 강한 사람이었다. 언제나 자기의 능력을 믿었고 확신이 있었다.

　'나는 성공할 수 있다. 동업자들에게 해를 끼치지 않을 자신이 있다. 동업자를 찾아보자.'

　그래서 그는 적극적으로 행동하였다. 얼굴에 철판을 깔고 지금의 동업자들을 찾아가서 자기를 동업자로 삼아 달라고 당당하게 요청했다. 어떻게 보면 정말 터무니없는 돈키호테와도 같은 요청이었다.

　'어허, 이렇게 무모한 사람이 있나? 이 사람이 제 정신인가? 정신이 이상한 사람이 아닐까?'

　이렇게 생각할 수도 있는 과감한 제안이었다. 그러나 그 말은 그의 진심을 담은 일생 일대 최고의 요청이었다. 그는 열정으로 가득 차서 미처 체면을 살피지도 못했다.

　"존, 그게 정확하게 무슨 뜻이오?"

　존은 단호하게 말했다.

　"나는 열정적으로 일하고 창조하겠습니다. 여러분은 사업 확장을 원하고, 나는 기꺼이 그 책임을 맡을 수 있습니다. 자신 있습니다. 제게 맡겨 주십시오."

그 어떤 사람이 자신에 대하여 이토록 자신만만할 수 있
단 말인가. 존의 요청은 동업 관계와 인디아나 리맥스를
변화시켰다.

1988년에 약 1천 5백만 달러어치의 한 건의 공사 수주
로 사업을 시작했지만, 1994년에는 1억 5천만 달러에 해
당하는 16,500채의 주택을 팔 수 있었다.

그리고 목표액은 해가 바뀔수록 계속 무섭게 불어났다.

존이 배짱 좋게 한 한 가지의 요청은 마침내 그를 백만
장자로 만들어 주었다.

# 성공 명언

가시에 찔리지 않고서는 장미 꽃을 모을 수가 없다.
- 필페이

가장 높은 곳에 올라가려면, 가장 낮은 곳부터 시작하라. - 푸블릴리우스 시루스

가장 부유한 사람은 절약가(節約家)이고 가장 가난한 사람은 수전노이다. - 상포르

가장 최상(最上)의 길은 없다. 많은 사람이 가고 있다면 그 길이 최상이다. - 루신

가장 큰 어려운 일 중 세 가지, 첫째는 명성을 얻는 것, 둘째는 생명이 있는 동안 명성을 유지하는 것, 셋째는 죽은 뒤에도 명성을 보유하는 것이다. - 프란츠 요제프 하이든

가장 탁월한 천분도 무위도식에 의해서 멸망된다. - 몽테뉴

강을 거슬러 헤엄치는 자가 강물의 세기를 안다. - 윌슨

거짓말은 눈사람 같아서 오래 굴리면 그만큼 더 커진다.
- 로터

거짓말쟁이가 받는 가장 큰 형벌은 그가 다른 사람으로부터 신임을 받지 못한다는 것보다 그 자신이 아무도 믿지 못한다는 슬픔에 빠지는 데에 있다. - 조지 버나드 쇼

검약(儉約)은 훌륭한 소득이다. - 에라스무스

겁쟁이는 죽음에 앞서서 여러 차례 죽지만 용기 있는 자는 한 번밖에 죽지 않는다. - 셰익스피어

게으름은 쇠붙이의 녹과 같다. 노동보다도 더 심신(心身)을 소모시킨다. - 프랭클린

겸손이 없다면 당신은 인생의 가장 기본적인 교훈(敎訓)도 배울 수가 없다. - 좀 톤슨

겸손하고 양보하는 마음은 인격을 완성하는 데 있어서 절대 필요한 양식이다. 이러한 인격 완성의 양식이 떨어지면 사람들은 교만하고 약해진다. - 존 러스킨

겸손한 자만이 다스릴 것이요, 애써 일하는 자만이 가질 것이다. - 에머슨

경험(經驗)은 지식의 어머니이다. - 브레튼

경험은 최고의 교사이다. 다만 수업료가 지나치게 비싸다고 할까. – 칼라일

고민은 어떤 일을 시작하였기 때문에 생기기보다는 일을 할까 말까 망설이는 데에서 더 많이 생긴다. 실패(失敗)를 미리 두려워할 필요는 없다. 성공하고 못하고는 하늘에 맡겨 두는 게 좋다. – 버트런드 아서 윌리엄 러셀

과거는 잊어버리고 다른 일에 몰두하자. 이것이 고민의 해결이다. – 잭 템프시

과거에 한 번도 적을 만들어 본 일이 없는 인간은 결코 친구를 가질 수 없다. – 테니슨

과장에는 과장으로 대처하라. 재치 있는 말은 상황과 경우에 따라 사용되어야 하며, 이것이 바로 지혜의 힘임을 알라. – 발타자르 그라시안

괴로워하거나 불평하지 말라. 사소한 불평은 눈감아 버려라. 어떤 의미에서는 인생의 큰 불행까지도 감수하고 목적만을 향하여 똑바로 전진하라. – 빈센트 반 고흐

군자는 의리에 밝고, 소인은 이익에 밝다. – 셰익스피어

굳은 결심(決心)은 가장 유용한 지식이다. – 나폴레옹

근면이야말로 태만, 불성실, 빈곤의 세 가지 부끄러움

을 쫓아 준다. - 볼테일

기둥이 약하면 집이 흔들리듯, 의지가 약하면 생활도 흔들린다. - 에머슨

기와 한 장 아끼다 대들보 썩는다. - 한국 속담

기회는 새와 같은 것, 날아가기 전에 꼭 잡아라. - 스마일즈

깨끗한 의복(衣服)은 좋은 소개장이다. - 영국 속담

깨닫기만 하고 실천을 하지 않으면 깨달음이 아무 소용 없다. - 힐티

꿈을 품고 무언가 할 수 있다면 그것을 시작하라. 새로운 일을 시작하는 용기 속에 당신의 천재성과 능력과 기적이 모두 숨어 있다. - 괴테

끝나 버리기 전에는 무슨 일이든 불가능하다고 생각하지 말라. - 마르쿠스 툴리우스 키케로

나는 내 운명의 주인이요, 나는 내 마음의 선장이다.
- 윌리암 어네스트 헨리

나는 대단한 인간이 아니다, 노력하는 노인일 뿐이다.
- 넬슨 롤리랄라 만델라

나는 인간이었다. 그것은 싸우는 자란 것을 의미한다.

－ 괴테

나의 실제적인 독서(讀書) 법칙은 세 가지다. 첫째, 1년이 지나지 않은 책은 읽지 않는다. 둘째, 유명한 책만 읽는다. 셋째, 좋아하는 책만 읽는다. － 랠프 월도 에머슨

낙천주의자는 모든 장소에서 청신호만 보는 사람. 비관주의자는 붉은 정지 신호만 보는 사람. 그러나 정말 현명(賢明)한 사람이란 색맹을 말한다. － 슈바이처

날이 밝기 직전에 항상 가장 어둡다. － 풀러

남에게 부정(不正)하게 대하지 말 것이며, 남이 나에게 부정하지 못하게 하라. － 마호메트

남은 많이 용서하되 자신은 결코 용서하지 말라.

－ 푸블릴리우스 시루스

남을 정면으로 비난하는 것은 좋지 않다. 그를 망신시키기 때문이다. 보이지 않는 곳에서 비난하는 것은 불성실하다. 덕을 기만하는 것이 되기 때문이다. － 톨스토이

남의 일을 잘 알고 있는 사람은 똑똑한 사람이다. 자기 자신을 잘 알고 있는 사람은 더 총명한 사람이다. 그리고 자기 자신을 이겨내는 사람은 그 이상(以上)으로 강한 사람이다. － 노자

내가 아직 살아 있는 동안에는 나로 하여금 헛되이 살지 않게 하라. - 에머슨

내가 없는 곳에서 나를 칭찬해 주는 사람은 좋은 친구다. - 이언

내기는 탐욕(貪慾)의 아들이며, 부정의 형제이며, 불행의 아버지이다. - 워싱턴

내 비장의 무기는 아직 손 안에 있다. 그것은 희망이다.
　　　　　　　　　　　　　　　　　　　 - 나폴레옹

내 사전에 불가능(不可能)이란 없다. - 나폴레옹

내일에 아무런 도움이 되지 않는다면 당신의 과거는 쫓아 버려라. - 오슬러

내일의 모든 꽃은 오늘의 씨앗에 근거한 것이다.
　　　　　　　　　　　　　　　　　　　 - 중국 속담

내일의 현실에 대한 유일한 제한은 오늘의 의구심이다. 강하고 적극적인 신념을 가지고 앞으로 나아가자.
　　　　　　　　　　　　 - 프랭클린 델러노 루스벨트

내 자신의 무식을 아는 것은 지식에로의 첫걸음이다.
　　　　　　　　　　　　　　　　　　　 - 바이런

너무 많다는 것은 부족(不足)하다는 것을 의미한다. 너

무 건강한 사람같이 심한 병자는 없다. - 로맹 롤랑

너의 의무(義務)를 다하라. 그리고 나머지는 하나님에게 맡겨라. - 코니일

너 자신을 다스려라. 그러면 당신은 세계를 다스릴 것이다. - 중국 속담

노년은 청춘에 못지않은 좋은 기회이다. - 롱펠로

노동은 생명이요, 사상이요, 광명이다. - 위고

노동은 인류를 괴롭히는 온갖 질병과 비참에 대한 최고의 치료법이다. - 토마스 칼라일

노력을 중단하는 것보다 더 위험한 것은 없다. 그것은 습관(習慣)을 잃는다. 습관은 버리기는 쉽지만 다시 들이기는 어렵다. - 빅토르 마리 위고

논쟁(論爭)에는 귀를 기울여라. 그러나 논쟁에 끼여들지 않도록 하라. 아무리 작은 말이라 할지라도 노여움이나 격정이 일어난다는 것을 경계하다. - 고리키

누가 가장 영광(榮光)스럽게 사는 사람인가? 한번도 실패함이 없이 나아가는 데 있는 것이 아니라, 실패할 때마다 조용히 그러나 힘차게 다시 일어나는 데에 인간의 참된 영광이 있다. - 스미스

누구든지 크나큰 시련(試鍊)을 당하기 전에는 참다운 인간이 못된다. – 레오랄지이

눈물과 함께 빵을 먹어 보지 않은 사람은 인생의 참다운 맛을 보지 못한다. – 괴테

눈을 감아라. 그럼 너는 너 자신을 볼 수 있을 것이다.
– 버틀러

늘 원대한 포부(抱負)가 나를 인도하고, 깊은 사상이 나의 행동을 인도해야 한다. 조그마한 목전(目前)의 감정이 내 마음을 지배하고 얕은 생각이 나의 행동을 명령하지 않도록 해야 한다. – 아르투어 쇼펜하워

다른 사람들을 비난하려고 생각하기 전에 자기 자신을 충분히 살펴보아야 한다. – 몰리에르

다른 사람을 지배(支配)하려는 사람은 먼저 자기 자신의 주인이 되어야 한다. – 매신저

다른 사람이 말하는 일에는 세심한 주의를 기울이고, 되도록 말하는 상대방의 마음 속으로 파고들도록 그대 자신을 길들이게 하라. – 마르쿠스 아우렐리우스

다른 사람이 성공(成功)한 일은 누구나, 언제든지, 어디에서건 성공할 수 있다. – 생텍쥐페리

'다시 한 번' 이라는 어리석은 말을 내게는 하지 말라.

— 미라보

다정하고 조용한 말은 힘이 있다. — 에머슨

당신은 모든 사람들을 잠시 동안 속일 수 있다. 그러나 모든 사람들을 항상 속일 수는 없다. — 에이브러햄 링컨

당신의 인생은 당신이 하루종일 무슨 생각을 하는지에 달려 있다. — 에머슨

도(道)가 지나친 겸손은 허영심이다. — 폰 코체뷰에

도중에서 던져 버린 일, 손을 대지 않고 방치해 둔 일은 이윽고 산처럼 쌓인 일이 되어 사람을 괴롭힌다.

— 베메르길리우스

돈은 최선의 종이요, 최악의 주인이다. — 프란시스 베이컨

돈이란 훌륭한 하인이기도 하지만, 나쁜 주인(主人)이기도 하다. — 프랭클린

돈이 있어도 이상이 없는 사람은 몰락의 길을 밟는다.

— 도스토예프스키

두 사람의 머리는 한 사람의 머리보다 낫다. — 헤이우드

마땅히 행할 길을 아이에게 가르쳐라. 그러하면 늙어도

그것을 떠나지 않으리라. - 성경

만일 자유 사회가 가난한 다수를 도울 수 없다면 부유한 소수도 구원(救援)할 수 없다. - 존 피츠제럴드 케네디

많은 사람이 충고를 받지만, 오직 현명한 자만이 충고의 덕을 본다. - 푸블릴리우스 시루스

많은 사물 중에서 가운데가 제일이다. 내 위치(位置)도 가운데가 되게 하라. - 포킬리데스

많이 가진 사람은 더 많은 것을 손에 넣는다. 조금밖에 갖지 못한 사람은 그것마저 빼앗긴다. - 하인리히 하이네

말로 하는 사랑은 쉽게 외면(外面)할 수 있으나 행동으로 보여 주는 사랑은 저항할 수가 없다. - 무니햄

말만 하고 행동하지 않는 사람은 잡초로 가득 찬 정원과 같다. - 하우얼

말이 입힌 상처는 칼이 입힌 상처보다 깊다. - 모로코 속담

말하자마자 행동하는 사람, 그것이 가치(價値) 있는 사람이다. - 엔니웃스

먼 곳으로 항해하는 배가 풍파를 만나지 않고 갈 수는 없다. 풍파는 언제나 전진하는 자의 벗이다. - 빌헬름 니체

명성(名聲)은 젊은이에게 광채를 주고, 노인에게는 위엄을 가져다 준다. – 랠프 월도 에머슨

모든 위대한 사업도 최초(最初)에는 불가능한 일이라고 했던 것들이다. – 칼라일

모든 일은 어려운 고비를 넘겨야 쉬워진다. – 풀러

모든 죄악의 기본은 조바심과 게으름이다. – 카프카

모욕은 잊어버리고, 친절은 결코 잊지 말아라. – 공자

목적 없이 존재하는 것은 아무것도 없다. – 보들레르

목표를 보는 자는 장애물을 겁내지 않는다. – 한나 모어

무슨 일이고 참을 수 있는 사람은 무슨 일이고 실행(實行)할 수 있다. – 보르나르그

무슨 일이든지 한 가지 일에 능통(能通)하라. – 경행록

문제를 바르게 파악하면 절반은 해결한 것이나 마찬가지이다. – 케터링

물고기를 주어라. 한 끼를 먹을 것이다. 물고기 잡는 법을 가르쳐 주어라. 평생을 먹을 것이다. – 탈무드

미지(未知)를 향해 출발하는 사람은 누구나 외로운 모험에 만족해야 한다. - 지드

바탕이 성실한 사람은 항상 편안하고 이익을 보지만, 방탕하고 사나운 자는 언제나 위태롭고 해를 입는다. - 순자

바쁜 꿀벌은 슬퍼할 겨를이 없다. - 블레이크

바쁜 사람은 눈물을 흘릴 시간이 없다. - 바이런

배운 사람은 항상 자기 속에 재산이 있다. - 필래드라스

백 년을 살 것처럼 일하고 내일 죽을 것처럼 기도하라.
- 플랭클린

벼슬 자리 없는 것을 걱정하지 말고, 벼슬에 올라설 수 있을 만한 자기의 학식이나 능력에 대해 걱정하라. 또 남이 나를 몰라 주는 것을 걱정 말고, 남들에게 알려질 만한 일을 하려고 노력하라. - 논어

변경(變更)을 허용하지 않는 것은 나쁜 계획이다.
- 푸볼릴리우스 시루스

보다 많은 것을 갖기보다는 적게 바라는 것을 선택하라.
- 토머스 켄피스

부귀(富貴)를 누리는 사람들 주변에는 남들도 모여들고,

빈궁한 사람 곁에는 친척들도 거들떠보지 않는다. – 문선

부(富)는 바닷물과 같아서 많이 마실수록 목이 마르다.
– 쇼펜하워

부당한 이득을 얻지 말라, 그것은 손해와 같은 것이다.
– 헤시오도스

비록 내일 지구(地球)가 멸망하더라도 나는 한 그루의 사과나무를 심겠다. – 스피노자

사람은 자기의 탓이 아닌 외부에서 일어난 죄악이나 잘못에 대해서는 크게 분개(憤慨)하면서도 자기의 책임하에 있는 자기 자신이 저지른 죄악이나 잘못에 대해서는 분개하지도 않고 싸우려고도 하지 않는다. – 블레즈

사람의 척도(尺度)는 그가 불행을 얼마나 잘 이겨내는지에 달려 있다. – 프르디크

사람의 천성과 직업이 맞을 때 행복하다. – 베이컨

40세가 지난 인간은 자신의 얼굴에 책임을 져야 한다.
– 링컨

사업을 좌우해라. 사업에 의해 좌우되어서는 안 된다.
– 플랭클린

산을 옮기는 사람은 작은 돌멩이부터 옮긴다. – 중국 속담

살아가는 기술이란, 하나의 공격 목표(目標)를 골라 그 곳으로 힘을 집중시키는 일이다. – 앙드레 모루아

살아 있는 실패작은 죽은 걸작보다 낫다. – 버나드 쇼

삶은 순간들의 연속(連續)이다. 한 순간, 한 순간을 사는 것이 성공하는 것이다. – 켄트

삶의 어두운 길을 인도하는 유일한 지팡이는 양심이다.
– 하이네

상상력을 가지지 않은 정신(精神)은 망원경이 없는 천문대와 같다. – 헨리 포드 피처

생각하는 것이 인생의 소금이라면 희망과 꿈은 인생의 사탕이다. 즉, 꿈이 없다면 인생은 쓰다. – 바론 리튼

생각이 깊지 못한 사람은 항상 입을 놀린다. – 호머

생명이 있는 한, 사람은 무엇인가 바랄 수 있다. – 세네카

성공은 결과(結果)이지 목적은 아니다. – 플로베르

성공은 사람의 나쁜 성격을 이끌어 내고, 실패는 좋은 성격(性格)을 길러 준다. – 힐티

성공의 비결(秘訣)은 목적을 향해 시종일관하는 것이다.
— 디즈레일리

성공하는 사람들이란 자기가 바라는 환경을 찾아내는 사람들이다. 발견하지 못하면 자기가 만들면 된다.
— 조지 버너드 쇼

성실하지 못한 사람은 위대한 것들을 생산할 수가 없다.
— 제임스 러셀 로웰

세상이 당신에게 준 것보다 더 많이 세상에게 주어라.
— 헨리 포드

소년이여, 야망(野望)을 가져라. — 클라크

소인은 특별한 것에 관심이 있고, 위인은 평범한 것에 관심이 있다. — 허버트

순간을 지배하는 사람이 인생을 지배한다. — 에센 바흐

시간이 언제까지든 당신을 기다리는 것은 아니다. — 짐멜

시간을 선택하는 것은 시간을 절약하는 것이다. — 베이컨

시간이 말하는 것을 잘 들어라. 시간은 가장 현명한 법률 고문(顧問)이다. — 페리클레스

시기와 질투는 언제나 남을 쏘려다가 자신을 쏜다. — 맹자

신뢰(信賴)는 거울의 유리와 같다. 한번 금이 가면 원래대로 하나가 되지 않는다. - 앙리 프레데리크 아미엘

신의(信義)가 있는 말은 아름답지 않고, 아름다운 말엔 신의가 없다. 착한 사람은 말에 능하지 않고, 말에 능한 사람은 착하지 않다. - 노자

실패한 사람이 다시 일어나지 못하는 것은 그 마음이 교만한 까닭이다. 성공한 사람이 그 성공을 유지하지 못하는 것도 역시 교만한 까닭이다. - 석가모니

쓴맛을 보기 전에 단맛을 보아서는 안 된다. - 고울딤 헴

쓸쓸한 마음으로 과거를 되돌아보지 말라. 그것은 두 번다시 오지 않으니까 빈틈없이 현재를 이용하라, 그것을 할 사람은 곧 그대다. 그림자와 같은 미래를 향하여 나아가라, 두려워하지 말고 늠름하게. - 헨리 워즈워스 롱펠로

아이들에게는 비평(批評)보다도 귀감이 필요하다. - 주벨

알차게 보낸 하루가 편안한 잠을 제공하는 것처럼 알찬 생애가 평온한 죽음을 가져다 준다. - 다빈치

애매한 말은 거짓말의 시작이다. - 서양 속담

약간의 소홀은 큰 재난을 초래할 수도 있다. 못 하나가 부족해서 편자를 잃어버리게 되고 편자가 없으면 말을 잃

어버리게 되고, 말이 없으면 기수를 잃어버리게 된다.
- 벤저민 프랭클린

어떠한 일이든지 참아낼 수 있는 사람은 무슨 일이든지 해낼수가 있다. 인내는 인간이 가질 수 있는 미덕(美德)이기도 하다. - 마르틴 루터

어떠한 충고일지라도 길게 말하지 말라. - 호라티우스

어떤 가치 있는 행동을 하지 아니한 날, 그 날은 잃어버린 날이다. - 자콥 보바트

어떤 목적을 위해서 시작된 우정(友情)은 그 목적을 달할 때까지도 계속이 되지 않는다. - 칼즈

어떤 불행은 도리어 희망의 토대가 된다. 불행 앞에 굴복하여 슬퍼하지 말고 그 불행을 이용하는 사람이 되라.
- 오노레 드 발자크

어떤 사람은 과거의 기억을 되살려서 자기와 자기 몸을 학대한다. 어떤 자는 아직 보지도 못한 죄가 두려워서 자기 자신에게 상처를 입힌다. 어느 쪽도 어리석기 짝이 없는 것이다. 과거는 이미 관계가 없어졌고, 미래(未來)는 아직 오지 않았으니까. - 세네카

어리석은 자의 특징(特徵)은 타인의 결점을 드러내고, 자신의 약점은 잊어버리는 것이라고 하겠다. - 키케로

언제까지 계속되는 불행이란 없다. – 로맹 롤랑

언제나 겸손한 사람은 남에게 칭찬을 들었을 때나 험담을 들었을 때나 변함이 없다. – 장 파울

얻기 어려운 것은 시기(時期)요, 놓지기 쉬운 것은 기회(機會)이다. – 조광조

얼마나 오래 사느냐가 아니라 어떻게 사느냐가 문제이다. – 베일리

여가를 활용하지 못하는 사람은 늘 여가 시간이 없다.
– 서양 격언

역경은 사람을 부유하게 하지는 않으나 지혜롭게 한다.
– 풀러

열의 없이 성취된 위업이란 아직 하나도 없다. – 에머슨

열중하는 마음이 없다면 이 세상에 진보(進步)란 있을 수 없다. – 윌슨

영웅(英雄)이란 자신이 할 수 있는 일을 해낸 사람이다. 범인(凡人)은 할 수 있는 일을 하지 않고 할 수 없는 일만을 바라고 있다. – 로맹 롤랑

오늘 달걀을 한 개 갖는 것보다 내일 암탉을 한 마리 가

지는 편이 낫다. - 토머스 플러

오늘이라는 날은 두 번 다시 오지 않는다는 것을 잊지 말라. - 알리기에리 단테

오늘 하루를 헛되이 보냈다면 그것은 커다란 손실(損失)이다. 하루를 유익하게 보낸 사람은 하루의 보물을 파낸 것이다. 하루를 헛되이 보냄은 내 몸을 헛되이 소모하고 있다는 것을 기억해야 한다. - 앙리 프레데리크 아미엘

오래가는 행복은 정직한 것 속에서만 발견할 수 있다.
- 리히텐베르히

오직 바보나 죽은 자만이 절대로 자기의 의견을 변화시키지 않는다. - 제임스 러셀 로웰

옹졸한 사나이는 벼슬을 얻지 못하였을 때에는 얻으려고 걱정하고, 벼슬을 한번 얻었을 때에는 그것을 잃을까 걱정한다. 참으로 벼슬을 잃을까 걱정하는 사람은 그 수단으로 무슨 짓이라도 한다. - 이이

용기가 없는 사람에게는 어떤 좋은 것도 생기지 않는다.
- 마르쿠스 아우렐리우스

우리가 세운 목적(目的)이 그른 것이라면 언제든지 실패할 것이요, 우리가 세운 목적이 옳은 것이면 언제든지 성공할 것이다. - 안창호

우리들은 성공에서보다는 실패에서 더 많은 지혜(智慧)를 배운다. 하지 말아야 할 것을 발견함으로써 해야 할 것을 발견하게 된다. - 새뮤엘 스마일스

우리의 거의 모든 삶이 어리석은 호기심(好奇心)에 낭비되고 있다. - 보들레르

우리의 나태에 대한 벌로서는, 자기 자신의 불성공 이외에 타인(他人)의 성공이 있다. - 르나르

우리의 인내(忍耐)가 우리의 힘보다 더 많은 것을 성취할 것이다. - 버크

우선 무엇이 되고자 하는가를 자신에게 말하라. 그러고 나서 해야 할 일을 하라. - 에픽테토스

웃어라, 그러면 이 세상도 함께 웃을 것이다. 울어라, 그러면 너 혼자 울게 되리라. - 윌콕스

웅변의 목적은 진리가 아니라 설득(說得)이다. - 마코레

위기(危機)의 시기에는 가장 대담한 방법이 때로는 가장 안전하다. - 키신저

위대한 것치고 정열이 없이 이루어진 것은 없다. - 에머슨

위대한 사람은 목적을 가지고 있고, 소인들은 공상(空

想)을 가지고 있다. – 워싱턴 어빙

위대한 사람은 절대로 기회가 부족하다고 불평하지 않는다. – 에머슨

위대한 사상은 반드시 커다란 고통이라는 밭을 갈아서 이루어진다. 갈지 않고 그냥 둔 밭에서는 잡초(雜草)만이 무성할 뿐이다. 사람도 고통을 겪지 않고서는 언제까지나 평범하고 천박함을 벗어나지 못한다. 모든 고통은 차라리 인생의 벗이다. – 카를 힐티

위대한 업적을 남긴 이들은 모두 원대한 목표(目標)를 지녔다. 그들은 너무 높아서 때때로 불가능해 보이는 목표에 초점을 맞춘다. – 오리슨 스위트 마든

위대한 포부(抱負)가 위대한 사람을 만든다. – 풀러

유능한 사람은 언제나 배우는 사람이다. – 괴테

은혜를 입은 자는 잊지 말아야 하고 베푼 자는 기억하지 말아야 한다. – 피체 찰론

의복(衣服)에만 마음이 쏠리는 것은 마음과 인격(人格)이 잠든 탓이다. – 에머슨

의심스러운 사람은 쓰지 말고, 사람을 썼거든 의심하지 말라. – 명심보감

의지(意志)가 굳은 사람은 행복할지니, 너희는 고통을 겪겠지만 그 고통은 오래 가지 않을 것이다. - 테니슨

이기는 것이 중요한 것이 아니다, 어떻게 노력하는가가 문제이다. - 쿠베르탕

이런 일은 도저히 불가능하다고 자신이 믿고 시작하는 것은 그것을 제 자신이 불가능하게 만드는 수단이다. 이미 얻은 명예는 앞으로 얻지 않으면 안 될 명예의 담보다.
- 프랑수아 드 라 로슈푸코

이익(利益)에 있어서 투철한 사람은 흉년도 그를 죽이지 못하며, 덕(德)에 있어서 투철한 사람은 사악한 세상도 그를 혼란시키지 못한다. - 맹자

이해가 부족한 사람이 오해가 많은 사람보다 낫다.
- 아나톨 프랑스

인간은 패배(敗北)했을 때 끝나는 것이 아니다. 포기했을 때 끝나는 것이다. - 닉슨

인간은 항상 시간이 모자란다고 불평을 하면서 마치 시간이 무한정 있는 것처럼 행동한다. - 세네카

인간은 아직까지도 모든 컴퓨터 중에서 가장 훌륭한 컴퓨터이다. - 케네비

인간의 눈은 그의 현재(現在)를 말하며 입은 그가 앞으로 될 것을 말한다. – 골즈워디

인간의 진정한 재산은 그가 이 세상에서 행하는 선행(善行)이다. – 마호메드

인간이란 생각하는 것이 적을수록 많이 지껄여댄다.
– 몽테스키외

인간이 현명(賢明)해지는 것은, 경험에 의한 것이 아니고, 경험에 대처하는 능력에 따르는 것이다. – 쇼

인격은 공상으로 형성되는 것이 아니다. 망치를 들고 틀에 넣어서 다져 만들어지는 것이다. – 웰링턴

인내는 어떠한 괴로움에도 듣는 명약이다. – 플라토우스

인내(忍耐)를 지닐 수 있는 사람은 그가 바라는 것은 무엇이든 손에 넣을 수가 있다. – 프랭클린

인생에서 가장 쓸데없는 것이 탄식이다. 무엇을 얻을까 눈을 두리번거리기 전에 먼저 탄식을 버려라. – 세네카

인생에 있어서 가장 중요한 것은 실패했다고 해서 낙심(落心)하지 않는 일이며, 성공했다고 해서 기쁨에 도취되지 않는 것이다. – 도스토예프스키

인생은 왕복(往復) 차표를 발행하지 않는다. 일단 떠나면 다시는 돌아오지 못한다. - 로맹 롤랑

인생은 학교다. 그리고 거기서의 실패는 성공보다도 훌륭한 교사(敎師)다. - 그라 나츠이

인생은 한 권의 책과 같다. 어리석은 사람은 아무렇게나 책장을 넘기지만 현명한 사람은 공들여 읽는다. 왜냐하면 그들은 단 한 번밖에 그것을 읽지 못함을 알고 있기 때문이다. - 장 파울

인생은 활동함으로써 값어치가 있으며, 빈곤한 휴식(休息)은 죽음을 의미한다. - 볼테르

인생은 흘러가는 것이 아니고 성실로써 이루어져 가는 것이라야 한다. 우리는 하루하루를 보내는 것이 아니고 내가 가진 것으로 채워 가는 것이라야 한다. - 존 러스킨

일생에 있어서 기회가 적은 것은 아니다. 그것을 볼 줄 아는 눈과 붙잡을 수 있는 의지를 가진 사람이 나타나기까지 기회는 잠자고 있는 것이다. 비록 재난이라 할지라도 그것을 휘어잡는 의지 있는 사람 앞에서는 도리어 건설적인 귀중한 가능성을 품고 있는 것이다. - 로런스 굴드

일은 인간 생활의 피할 수 없는 조건이며, 인간 복지의 참된 근원(根源)이다. - 톨스토이

일은 하라, 일에 쫓기지 말라. 일을 몰고 가라. 그렇지 않으면 일이 너를 몰고 갈 것이다. – 프랭클린

일의 기량을 닦기 위해서 가장 중요한 것은 실행과 경험(經驗)이다. – 콜루맬라

일이 뜻대로 되지 않을 때는 나보다 못한 사람을 생각하라. 원망(怨望)하고 탓하는 마음이 저절로 사라지리라. 마음이 게을러지거든 나보다 나은 사람을 생각하라, 저절로 분발(奮發)하리라. – 홍자성

일이 재미있으면 인생은 낙원(樂園)이다. 일이 의무라면 인생은 지옥이다. – 고리키

자기가 소유(所有)하고 있는 것을 가장 풍부한 재산으로 여기지 않는 자는 누구나, 비록 이 세상의 주인이라도 불행하다. – 에피쿠로스

자기 신뢰(信賴)가 성공의 제1의 비결이다. – 에머슨

자기 신뢰는 위대한 사업의 제일의 필요 조건이다. – 존슨

자기와 남의 인격을 수단으로 삼지 말고 항상 목적으로 대우(待遇)해야 한다. – 칸트

자기 일을 찾은 자는 복이 있다. 그가 다른 복을 찾지 않게 하라. – 토마스 칼라일

자기 자신을 이겨낼 수 있는 힘을 가진 사람이 가장 강하다. – 세네카

자신에 대한 신뢰가 타인을 신뢰하는 중요한 요소(要素)가 된다. – 프랑수아 드 라 로슈푸코

자신은 할 수 없다고 생각하고 있는 동안은 사실은 그것을 하기 싫다고 다짐하고 있는 것이다. 그러므로 그것은 실행되지 않는 것이다. – 스피노자

자신이 자신의 지휘관(指揮官)이다. – 플라우투스

작은 구멍이 배를 침몰시키고 죄 한 가지가 사람을 파멸시킨다. – 번연

작은 도끼라도 찍고 찍으면 큰 참나무는 넘어진다.
– 셰익스피어

작은 성공을 만족스럽게 생각하는 사람은 큰 성공을 얻지 못한다. – 제세 메서 게만

잔잔한 바다에서는 좋은 뱃사공이 만들어지지 않는다.
– 영국 속담

장점(長點)과 훌륭한 예의는 어디서나 번영할 것이다.
– 체스터필드

전력을 다하여 자기 자신을 충실히 하기에 힘써라. 어찌 남이 내 비위를 맞추어 주지 않는다고 탓하면서 자신의 마음과 몸을 자기의 뜻대로 복종시키려고 하지 않는가.
– 마르쿠스 아우렐리우스

전력을 다해서 시간에 대항(對抗)하라. – 톨스토이

절제(節制)와 근면은 인간에게 참다운 처방이다. 즉, 일은 식욕을 돋우고 절제는 그것을 통제하는 힘이 된다.
– 장 자크 루소

제일의 부는 건강(健康)이다. – 에머슨

조용한 물이 깊이 흐른다. – 릴리

좀더 높은 이상(理想)이 없었다면 인류는 쉬지 않고 일만 하는 개미 떼와 무슨 차이가 있었을 것인가.
– 게오르크 빌헬름 프리드리히 헤겔

좋은 일을 많이 해내려고 기다리는 사람는 하나의 좋은 일도 해낼 수가 없다. – 사무엘 존스

지갑이 가벼우면 마음이 무겁다. – 프랭클린

지나치게 숙고(熟考)하는 인간은 큰일을 성취시키지 못한다. – 실러

지도자란 희망을 파는 상인이다. – 보나파르트 나폴레옹

지도자로서 성공하려면 자기 시대에서 너무 많이 앞질러 가면 안 된다. 자기를 업고 있는 대중(大衆)의 눈으로 사물을 보지 않으면 안 된다. – 해럴드 조지프 래스키

지성인(知性人)은 자기의 마음으로 자기 자신을 망보는 사람이다. – 카뮈

지식(知識)과 목재는 세파에 시달리지 않으면 많이 애용될 수가 없다. – 올리버 웬델 홈즈

지식이 깊은 사람은 시간의 손실을 가장 슬퍼한다. – 단테

지혜는 간혹 누더기 가면을 덮어쓰고 있다. – 스타티우스

지혜는 고통(苦痛)을 통해서 생긴다. – 아에스킬루스

지혜 없는 힘은 그 자체의 무게 때문에 쓰러진다.
– 호라티우스

진실도 때로는 우리를 다치게 할 때가 있다. 하지만 그것은 머지않아 치료를 받을 수 있는 가벼운 상처이다.
– 앙드레 폴 기욤 지드

진정한 유머는 머리에서 나온다기보다 마음에서 나온다. 그것은 웃음에서 나오는 것이 아니라 조용한 미소에

서 나온다. - 토머스 칼라일

진주를 간직하고 있는 것은 병든 굴이다. - 세드

참나무가 더 단단한 뿌리를 갖도록 하는 것은 바로 사나운 바람이다. - 조지 허버

책임(責任)과 권위는 동전의 양면과 같다. 권위가 없는 책임이란 있을 수 없으며 책임이 따르지 않는 권위도 있을 수 없다. - 막스 베버

천금의 구슬은 반드시 깊은 여울 속에 있다. - 장자

천 리나 되는 제방도 땅강아지와 개미가 뚫은 조그만 구멍으로 물이 새어나오고, 백 척이나 되는 거목도 조그만 굴뚝에서 새어나오는 연기로 불이 난다. - 회남자

천재가 낳은 것도 모두 열중의 산물이다. - 디즈레일리

천재란 인내에 대한 위대한 자질(資質) 이외에는 아무것도 아니다. - 뷰퐁

최고에 도달하려면 최저에서 시작하라. - P. 시르스

추위에 떤 자일수록 태양의 따뜻함을 느낀다. 인생의 고뇌를 맛본 자일수록 생명의 존귀함을 느낀다. - 호이토 맨

충고자는 아무리 신랄해도 결코 해를 끼치지는 않는다.
– 부블릴리우스 시루스

친구(親舊)를 얻는 유일한 방법은 스스로 완전한 친구가 되는 것이다. – 에머슨

친구를 칭찬할 때는 널리 알도록 하고 친구를 책망(責望)할 때는 남이 모르게 한다. – 독일 속담

큰 그릇은 늦게야 이루어지고, 아주 큰 소리는 도리어 잘 들을 수 없고, 큰 모습, 즉 도(道)는 형체가 없다. – 노자

큰 나무는 바람을 많이 받는다. – 카네기

큰 나무도 가느다란 가지에서 시작되는 것이다. 10층짜리 탑도 작은 벽돌을 하나씩 쌓아올리는 데에서 시작되는 것이다. 마지막에 이르기까지 처음과 마찬가지로 주의를 기울이면 어떤 일도 해낼 수 있을 것이다. – 노자

큰 시련은 큰 의무를 완수하게 만드는 것이다. – 톰슨

큰일에는 진지하게 대하지만 작은 일에는 손을 빼는 것이 당연하다고 생각하는것, 몰락(沒落)은 언제나 여기에서 시작된다. – 헤르만 헤세

큰일에 착수할 경우에는 기회를 만들어 내는 것보다도 눈앞의 기회를 이용하려고 힘써야 한다. – 라 로시푸코

큰일을 목적하는 자는 또한 큰 고통을 당해야 한다.
– 플루타르쿠스

태만(怠慢)은 천천히 움직이므로 가난이 곧 따라잡는다.
– 프랭클린

패배를 극복(克服)하는 법을 배워야 한다. 그럴 때에 당신의 인격이 향상된다. – 닉슨

평온한 마음으로 아껴 생활하는 것이 사람에게 큰 부(富)이다. – 크레티우스

폭풍은 참나무가 더욱 뿌리를 깊게 박도록 한다. – 허버드

풍요의 낭비는 부족의 원천(源泉)이다. – 피코크

핑계를 잘 대는 사람은 거의 좋은 일을 하나도 해내지 못한다. – 벤자민 프랭클린

하루의 생활을 다음과 같이 시작하면 좋을 것이다. 즉, 눈을 떴을 때 오늘 단 한사람에게라도 좋으니 그가 기뻐할 만한 무슨 일을 할 수 없을까 생각하라.
– 프리드리히 빌헬름 니체

한가한 인간은 고인 물처럼 끝내 썩어 버린다.
– 프랑스 명언

행동가(行動家)처럼 생각하라. 그리고 생각하는 사람처럼 행동하라. - 핸리 버그슨

험담(險談)은 세 사람을 죽인다. 말하는 자, 험담의 대상자, 듣는 자. - 미드라쉬

험한 언덕을 오르려면 처음에는 천천히 걸어야 한다.
- 셰익스피어

현명한 사람은 그가 발견하는 이상의 많은 기회(機會)를 만든다. - 베이컨

회복의 유일한 길은 다시 시작하는 것이다. - 체이즈

훌륭한 삶에는 세 가지 요소가 있다. 즉 배우는 일, 돈 버는 일, 무엇인가 하고 싶은 일. - 크리스토퍼 달링턴 몰리

훌륭한 충고(忠告)보다 값진 선물은 없다. - 에라스무스

희망(希望)은 가난한 인간의 빵이다. - 탈레스

# 성공한 91인의
# 성공의 비결

엮은이/김이리
펴낸이/이홍식
발행처/도서출판 지식서관
등록/1990.11.21 제96호
경기도 고양시 덕양구 고양동 31-38
전화/031)969-9311(대)
팩시밀리/031)969-9313
e-mail / jisiksa@hanmail.net

초판 1쇄 발행일/2018년 11월 10일